파미르의 밤

파미르의 밤 21세기 중국 최고 시인의 절창

1판 1쇄 발행 2011년 11월 11일
2판 1쇄 발행 2017년 3월 13일

지은이 칭핑 외 7인
편역 김태만
펴낸이 강수걸
기획 이수현
편집장 권경옥
편집 정선재 윤은미 문윤호
디자인 권문경
펴낸곳 산지니
등록 2005년 2월 7일 제333-3370000251002005000001호
주소 부산시 해운대구 수영강변대로 140 BCC 613호
전화 051-504-7070 | 팩스 051-507-7543
홈페이지 www.sanzinibook.com
전자우편 sanzini@sanzinibook.com
블로그 http://sanzinibook.tistory.com

ISBN 978-89-6545-406-9 03820

* 책값은 뒤표지에 있습니다.
* 이 도서의 국립중앙도서관 출판예정도서목록(CIP)은 서지정보유통지원시스템 홈페이지(http://seoji.nl.go.kr)와 국가자료공동목록시스템(http://www.nl.go.kr/kolisnet)에서 이용하실 수 있습니다.(CIP제어번호: CIP2011004581)

산지니 시선 02

장하오 장타오 시뚜 짱띠 시촨 양샤오빈 황찬란 칭핑

21세기 중국 최고 시인의 절창

파미르의 밤

김태만 편역

산지니

서문

영혼과 영혼을 잇는 고리

1990년대부터 중국의 사회문화 공간에서 시의 지위가 점차 위축되거나 주변화되기 시작했다. 그리하여 몇 년 전까지만 해도 다음과 같은 비아냥거림이 유행하곤 했다. "시인들은 하나같이 종합선물세트이다. 그 자신이 이들 시의 독자요, 이들 시에 대한 평론가요, 또한 스스로를 포함시켜 시가사(詩歌史)를 재구성하는 편찬자이다. 그들이야말로 '제 팔 제 흔들기' 하며 스스로 잘 놀고 있는 자들이다." 이런 비아냥거림이 비록 틀린 말은 아닐지 몰라도, 완전히 동의할 수는 없다. 오늘날 중국에 시를 비난하는 사람이 많기는 하지만, 그러나 시를 쓰는 사람도 여전히 많다. 시와 관련된 각양각색의 다양한 활동이 대단히 활발하게 진행되고, 출판되는 시 관련 잡지나 시집의 수량도 결코 적다고 할 수 없다. 특히, 특정 시인이나 소형 시 단체에 집중적으로 관심을 갖는 마니아 집단이 자가(自家) 인쇄한 간행물이나 시집의 형태가 오늘날 중국 시 파급의 주된 방식이 되었다. 시의 지위를 대중문화의 유행과 더불어 논할 수는 없겠지만, 삶의 의의 탐색이나 언어의 가치 발견이라는 점에서 시의 역량을 대체할 만한 것도 없다.

이것이 바로 수많은 시인이 '주변화' 상황에서도 굳건히 '시 쓰기'를 지켜나가는 힘의 근원이다.

김태만 선생은 중국 당대 시인 8인의 시를 편선(編選)하고 번역해, 『파미르의 밤』이라는 중국 당대시가선집을 출판했다. 그 8인은 장타오(姜濤), 시뚜(西渡), 시촨(西川), 양샤오빈(楊小濱), 칭핑(清平), 짱띠(臧棣), 쟝하오(蔣浩)와 황찬란(黃燦然) 등이다. 물론, 최근 들어 가장 에너지 넘치게 활약하면서 의미 있는 성과를 내고 있는 시인이 비단 이들 8인에 국한될 리는 없다. 김태만 선생에게 이들 8인을 선택한 이유를 들어보았지만, 특별한 이유는 없다고 말한 듯하다. 하지만 내가 그의 어투 속에서 관찰하고 사색해본 바에 의하면, 그 나름대로 '이유'가 없지는 않으리라 확신한다. 이 8인의 시인 가운데에는 시단에서 명성이 빛나는 시인도 있지만, 몇몇은 꼭 그렇다고 할 수만도 없다. 추측컨대 이런 선택이 그러한 '이유'에 기인하는 것은 아닐까. 그 하나는 신시의 개척 가능성에 대한 강조와 신시 창조력의 정도를 표준으로 삼았기 때문이고, 다른 하나는 그들의 개인적 풍격 및 시작(詩作) 경향의 특정 측면이 중국 시의 진화 과정에 있어서 특징적 단계를 말해줄 수 있는 모종의 '방향성'을 지니고 있는지에 대한 중시 때문이라 여겨진다. 특히 후자는, 그들의 시를 통해 시의 시기별 정향(定向)에 대한 분석과 조사를 내포하겠다는 의도를 설명할 수 있다. 시선집의 편찬이나 시사(詩史)의 저술이 결코 만만한 것은 아니다. 다만, 시선집의 편선 기준은 오직 편선자 특유의 안목일 뿐.

1990년대 이래 최근까지 약 20여 년간, 중국의 사회경제적 상황은 극심한 변화를 겪었다. 급격한 경제 발전에 따라 '소비주의'가 주도적 이데올로기가 되었을 뿐만 아니라, 심각한 지역간 · 계층간 격차는 다양한 모순을 야기했고, 아울러 시인의 생활이나 시 쓰기의 외적 환경 역시 마찬가지 상황이 되었다. 주지하다시피, 중국의 현대시 전통 속에 존재해왔던 '시와 현실의 긴밀한 관계' 나 '역사에 대한 시의 개입' 은 여전히 수많은 시인들이 견결히 지키고 있는 일종의 신념이다. 최근 20년 동안, '역사적 상황에 대해 시 쓰기가 어떻게 심각한 관계를 발생시키게 할 것인가', '현실 생활의 모순 속에서 체험한 곤경, 희열, 비통, 희망 따위를 어떻게 처리하게 할 것인가' 하는 것들이 그들의 관심사이자 동시에 그들을 괴롭히는 가장 큰 골칫거리이기도 했다. 어찌하면 1980년대와 같은 '집체' 적 반응을 띤 시작 태도로부터 독립정신과 예술적 개성을 통한 '개인' 적 방식의 건설로 전변해갈 수 있느냐 하는 역사적 관계가 오늘날 시를 탐구하는 이들의 주력점이 되었다.

1990년대 이후의 시에서 우리는 '일상생활' 경험에 대한 중시로 인해, 구어나 속어의 대량 사용, '서사(敍事)' 라는 감정 표현 방식의 보편화 및 전통 관념상의 '비시(非詩)' 적 요소(잡소리, 논평, 유희, 서사, 노래부르기 등)의 차용 및 희극화된 구조 방식 등등을 수 없이 확인할 수 있다. 이러한 형식이나 수법의 혁신은 모두 복잡한 현실생활의 경험을 최대한도로 포섭하기 위한 것이고, 또한 시 예술의 표현 영역을 최대한 확대하기 위한 것이다. 한편, 일부 시인은 그다지 '시인' 같지 않은 시인으로 변신해, '시인' 은 물론 나아가 '작가' 또는 심지어 때로는 '평론가' 적 신분과 상상력으로 소재를 다루기도 한다. 그리하여 시들이 현 단계의 일부 시인 속에서, 그다지 '순수' 하지 않게 변질되거나 '편향' 되거나 심지어 '불결' 하게 전락하기도 했음을 확인할 수 있다. 1990년대 이래 중국 시에 있어서 주목해야 할 또 다른 하나의 상징적 특징은 언어에 대한 인식과 처리 방식에 있다. 창조력을 지닌 시인들은 더욱 세심하고 엄정한 태도로 언어를 다루면서 시적으로 표현했다. 그들은 언어가 비단 표현의 수단일 뿐만 아니라, 사상과 정서를 담아내는 담체(擔體)이자 '존재를 깨닫게 하는 힘' 이라는 사실을 인식했다. 현실에 대한 애착과 인간의 영혼에 대한 관심 역시 결국은 언어와 현실 사이의 매개 고리에 대한 예지적 분석과 섬세한 발견, 그리고 시인만의 독특한 처리를 통해 도달할 필요가 있었다. 그들은 경직된 기존의 언어 질서에 대한 '쿠데타' 를 발동함으로써, 현대 중국어의 시적 생명을 추동하고 실현해갔다. 게다가 그들은 언어와 '소통' 하는 가운데 언어 스스로가 자체의 '생명' 을 지님을 깊이 터득했다. 이는 이 시집에 수록된 한 시인이 말한 것과 같이, "하나의 단어, 하나의 어투, 하나의 물건은 모두 갑자기 나를 경계하게 만든다. 그것이 아득한 어둠 속에서 내 이후의 운명을 다치게 하지나 않을까 두렵다. 내가 꺼려하는 것이 단지 시간의 변천이 어렴풋이 품고 있는 모종의 논리적 결론뿐만 아니라, 보일 듯 말 듯 하지만 확정 지을 수 없는 어휘에 포함되어 있는 참의(讖意)이다." 언어를 조롱하거나 가지고 노는 사람이 지닌 언어의 생명력에 대한 감응과 존중은 중국 당대 시작에서 또 하나의 새로운 경계(境界)를 이룬다.

이 시선집에 수록한 여러 시에서 위에 언급한 이러한 특징을 많건 적건 확인할 수 있으리라 확신한다. 물론, 최근 단계의 중국 시의 면모를 더 전면적으로 이해하려면 이들 외에도 몇몇 시인을 더 추가해야 할 것이다. 예를 들면, 위젠(于堅), 왕자신(王家新), 장수광(張曙光), 샤오카이위(蕭開愚), 순원보(孫文波), 자이융밍(翟永明), 왕샤오니(王小妮)

등을 들 수 있다. 하지만 앞서 언급한 바와 같이, 김태만 선생의 목표는 현 시기 중국 시단의 전모를 완벽하게 반영한 한 권의 시선집을 편찬하고자 한 것이 아니었으므로, 우리의 이런 요구가 결코 바람직하다고 할 수만은 없다. 그가 이 시선집을 편선하면서 더욱 치중한 것은 이들 시인의 시에 대한 일종의 태도나 표준을 보여주자는 것이고, 또한 이들 시인의 개인적 풍격과 창조력을 소개하는 것이라고 보기 때문이다.

오늘날 중국과 한국 사이에 시인의 교류나 시 연구자의 교류가 그다지 결핍된 것은 아니었다. 하지만 시집이나 시 작품을 번역해 소개하는 경우는 극히 희소했던 것이 사실이고, 이것이야말로 참으로 유감스런 일이 아닐 수 없다. 내가 알기로 중국 당대 시가 한국에서 번역 출판되는 것은 어쩌면 이 책이 처음이 아닌가 한다. 이러한 사실만으로도 이 책의 번역 출판은 그 의미가 충분하다 할 것이다.

아울러 한 가지 희망이 있다면, 이것이 시작이지 결코 끝이 아니었으면 하는 바람이다. 시인들 역시 다음과 같은 견해에 대체로 동의할 것이다. "비록, 국가나 민족 간의 역사와 언어와 문화의 차이가 존재할지라도, 시인에게 있어서는 더 많은 공통점을 지닐 수만 있다면, 시는 다름 아닌 서로 다른 사람과 사람의 영혼을 연결시켜주는 대단히 중요한 연결 고리가 된다는 사실을."

2011년 9월 12일

베이징대학 중국신시연구소 부소장
중문과 교수 홍즈청(洪子城)

차례

08 장하오 蔣浩 181

01

칭핑

清平

본명은 왕칭핑(王清平)으로, 1962년 3월 수저우(蘇州)에서 출생했다. 1983년에 베이징으로 상경해 대학을 다닌 이래, 현재까지 줄곧 베이징에서 활동하고 있다. 1980년대부터 시를 쓰기 시작해, 1996년에 '류리안(劉麗安)시가상'을 수상했고, 2007년에 첫 시집인 『일류인(一類人)』을 발표했다. 작품으로는 「북대시선(北大詩選)」, 「중국시가평론(中國詩歌評論)」, 「발견(發現)」, 「작은 잡지(小雜志)」 등이 있고, 간행물 및 '문학자유단(文學自由壇)' 등 인터넷 사이트에서 꾸준히 작품 활동을 하고 있다.

5인평

● 칭핑의 글쓰기 솜씨는 더할 여지없이 뛰어나다. 무거운 주제를 마치 가벼운 물건을 다루듯 숙달된 기법으로 표현하고, 어려운 주제를 아주 쉽게 풀어 묘사함으로써 무거움을 가볍게 한다. 하지만 무거운 문제는 여전히 무겁다. 이런 점이 바로 칭핑의 '경체시(輕體詩)'가 지닌 장점이다. —**상커**(桑克, 시인 · 평론가)

● 칭핑의 시에는 항상 아주 특별한 매력이 보인다. 그가 선택한 경험의 범위는 대부분 우리에게 익숙한 일상생활이거나 보통사람들의 생활이다. 하지만 칭핑이 그것을 표현하는 방식은 신시(新詩) 역사에서 추앙받는 전통적 방식과는 큰 차이를 보인다. "느낌 가는 대로 표현한다"라는 말이 아마 칭핑의 시가 지니는 특징을 일부 암시해줄 수 있을 것이다. 다른 시인이 대단히 심혈을 기울여야만 도달할 수 있는 경지를 칭핑은 항상 별

힘 들이지 않고 쉽게 표현한다. 그의 시는 항상 평범한 표상 속에서 평범하지 않은 것을 발견해낸다. 이런 경지에 도달하면, 대부분의 시인은 흔히 자신이 제시한 것에 만족하고 전진의 발걸음을 멈추어버리곤 한다. 하지만 칭핑의 시는 항상 한 걸음 더 나아가 그 껍질을 벗겨내 그 속에서 생활에 대한 우리의 느낌을 확대시켜준다.—**짱띠**(臧棣, 시인 · 평론가 · 베이징대학 중문학과 부교수)

● 칭핑은 변화에 대해 아주 민감한 시인이다. 특히 사물의 소멸과 사람 자체의 소멸에 대해서도 민감하다. 이런 민감함이 어떨 때는 심지어 신경질적이기도 하다. 그는 변화하거나 소멸되는 사물을 위해 안타까워할 뿐만 아니라 아직 출현하지 않았거나 발생하지 않은 일에 대해서조차 만가(挽歌)를 불러주기도 한다. 생활에서나 시가에서나 칭핑은 항상 자연스러우면서도 매우 정확하게 사물의 본질을 파악한다. 그는 무엇이 내적이고 근본적인 것인지, 무엇이 외적이고 허위의 것인지를 자연스럽고 섬세하게 깨닫고 있다. 칭핑의 시는 시대와 직접적인 관련이 있는 것이 거의 없는 것처럼 보이지만, 시 속의 현실감은 결코 현실과 괴리되어 있지 않다. 오히려 풍부한 현실을 품고 있다고 평가해야 한다. 하지만 그가 이야기하는 현실은 우리가 흔히 말하는 시대적이고 특별하면서도 일시적인 현실과는 달리, 항상 인간적이고 보편적이며 가장 근본적이고 내적인 경험과 연관되어 있다.—**시뚜**(西渡, 시인 · 평론가)

● 타고난 천성대로 글 쓰는 사람이라고 하면 칭핑이 바로 그중 한 명이라 할 수 있다. 어떨 때 나는 그의 창작이 완전히 "느낌이 가는 대로"라서 손길 닿는 대로 마음대로 끼적거린 창작의 소산이라고 생각하기도

했다. 그의 초기 시와 비교하면, 이 시들은 언어를 더 강화시켰다. 구체적으로 말하자면, 그의 창작 속에는 어떤 비이성적이고 딱딱한 것이 첨가되어 있어 시 속에서 아주 초현실주의적인 묘사도 발견된다. 이런 현상이 어떨 때는 사람들에게 그가 무지막지하고 억지스러운 방식으로 언어를 조작한다는 느낌을 줘 "난폭하다"는 평가를 받기도 한다. 나는 이러한 평가가 그에게 부정적이라기보다는 오히려 긍정적이라 생각한다. 왜냐하면 이런 상황 속에 이 시들이 오히려 더욱 생생하고, 거칠지만 하나의 날카로운 힘을 보이기도 하기 때문이다. —**순원보**(孫文波, 시인 · 평론가)

● 칭핑은 오랜 창작 경력에 비해 공개적으로 발표한 시가 아주 드물다. 그의 시 관념과 취향은 약간 남다른 데가 있다. 그의 시는 기법 면에서 능숙하고 변화도 다채롭지만, 단어 사용이 아주 정갈하다. —**쟝타오저우**(張桃洲, 수도사범대학 문학원 교수 · 평론가)

공자孔子

나의 생명엔 단 두 가지, 바로 출생과 사멸이 있을 뿐이다.

나는 나를 모욕한 그 노래를 부른 적이 없다.

태산은 곧 무너질 것이고, 대들보도 곧 무너질 것이고, 철인哲人도 곧 죽을 것이다.

내가 그런 말을 한 적은 있지만, 혀가 늘 이빨을 빼 먹는다.

공기 속에 인애仁愛가 없기에, 나는 인애를 요구한다.

땅 위에 충성이 없기에, 나는 충성을 요구한다.

사람들의 마음속에 두려움이 없기에, 나는 두려움을 요구한다.

나는 마지막에 어차피 죽을 것이기에, 그래서 나는 사슴을 가리켜 말馬이라 한다.

얼마나 많은 사람들이 나의 머리를 빌려 생각하는지,

하지만 나의 머리는 텅 비었다.

나의 교육은 완전히 실패했고

나의 학생은 기껏해야 글방선생에 지나지 않는다.

나의 시는 편방偏旁만 남겼고

나의 명예는 수치만 남겼다.

나의 사멸은 관棺만 남겼고

나의 관은 나무널만 남겼다.

하지만, 노국魯國의 비좁은 시골길에서 누가 나의 그림자를 보았던가?
내가 직접 소금에 절인 고기를 누가 먹었던가?
또 누가, 어느 사적인 대화에서 도둑처럼
결코 내 것이 아닌 그 무시무시한 말들을 기록했던가?

나는 대부분 믿지 못할 사물을 알고는 있지만, 나는 망각할 줄 안다.
내가 그들을 써 냈다. 한두 살의 나이.
추운 겨울밤에 내가 갑자기 꿈에서 깨어,
들은 것은 단 한 가지 소리뿐—.

바람의 울음, 바람의 성장, 바람의 사멸.
내가 고요한 정적이 남긴 여풍餘風의 소리를 들었을 때,
나의 자식은 바로 강자아薑子牙 아니면 오자서伍子胥이고,
우순虞舜 아니면 주왕紂王, 주공周公 아니면 중니仲尼.

나는 '서자여사부, 불사주야逝者如斯夫, 不舍晝夜'* 라고 쓴다.
나는 또 유토피아라는 하나의 낡은 영혼을 쓴다.
나의 숙명은 역사 기술하기. 삼천 명의 내 제자들은,

일흔두 가지의 어두움, 일흔두 가지의 귀신 그림자.(1997)

* 《論語 · 子罕》편에 나오는 구절로 "지나가는 모든 것은
이 흐르는 물과 같이, 밤낮없이 멈추지 않는구나"라는 의미.(역자)

물고기

강기슭에, 삼삼오오 몰려 있던 사람들이 한 줄로 늘어선다.
낮게 나는 새가 아래로 내려와, 더 낮게 난다.
늪에는, 어떤 상반된 힘이 거품을 머금은 채
버드나무 아래에 모여 자라며, 이상을 결정한다.
진흙탕이 튀어, 손수건 한 장을 더럽힌다.
그렇게 더럽긴 하나, 내 만년晩年의 구토물과는 다르고,
그렇게 많긴 하나, 나의 과거와도 다르다.

햇살이 걷혀 사라지자, 숲 속의 시야가 넓어진다.
큰 호수 하나가 시선을 막은 장애물에 단단히
기대어 있고, 아, 저 파도의 빛이여, 가까이 가기 두려워라.
점점, 사람들의 발자취 속에서 짐승들의 발자국이 생겨나기 시작하더니,
질서 속에 일어난 혼란이 아이들의 환심을 산다.
버드나무 하나가 드디어 호수 주변에서 물러나고, 그
숨지 못한, 작은 벌레들이, 잇달아 한여름과 작별한다.(2000)

시대의 하루

돌고, 한 바퀴 그리고 세 바퀴, 돌고, 드디어 멈춘다.
이런 정확한 생활이 잘못된 수학數學을 자초한다.
흐린 하루도 어느덧 반을 넘기고, 연애를 하는 동안 또
어느 것 하나 의지할 데 없는 빈털터리 몇몇이 죽어 나간다.
햇살이 실마리를 드러냈기 때문에.

아주 조심스레, 또한 매우 맹렬하게
한 생명 안에 두 개의 조국을 품는다는
죽음의 상상을 부수어 버렸다.
푸른 하늘 위에서, 검정색은 거의 완벽하게
몽상의 발걸음을 멈췄다.

장마철이 오기도 전에 내린 비를 따라,
소설가는 휴면기休眠期에 들었다.
그들은 한동안
원동력이 될 강력한 피로감을 만나지 못할 것이다.
그렇게 먼 새로움은, 헷갈릴 기회조차 없이.

애초의 무서움과, 치정, 그 어느 것도 들먹일 필요 없어.
하루의 시간이 지나고, 그 속에 낡음만이,
마치 햄버거 속의 고기처럼 끼어 있다.

아이들의 손에서, 질서도 변화하기 시작하고,

사람들도 삶과 죽음을 겪지만, 아무런 말도 남기지 않는다.(2004. 9.)

9월 26일

비둘기들이 떼를 지어 날아오른다.
이슬비가 내리는, 회색 하늘로.
오후 4시가 막 지나고,
하루의 피로가 끝나지 않은 채,
일시적으로 이 하늘 아래, 광장의 벽돌 위에 내려앉았다.
그 속에 꼭 환한 것만이 섞여 있는 것은 아니겠지만,
그러나 일말의 이상적 포말의 그림자가 있다.
아름답고, 성실한 짧은 외투 위,
얼룩이 자유의 꿈을 품고 있다.
그 순간, 서늘한 바람이 불어, 먹구름이 움직이고,
짐승의 그림자가 한순간에 사라져 버린다.
아주 작은 빗방울이 드디어 콧날과 손목에,
그리고 아까운 구두에, 떨어져 내리고,
오랫동안 만나지 못했던 친구 중,
하나가, 이때 신비스레 나타난다.(2004. 9. 26)

천성시 天性詩(for friends)

그대의 별자리, 그리고 혈액형, 모두 그대의 선택보다 크지.

그대는 딴소리를 하면 안 돼, 마치 이태백이 책임을 떠넘겨 덮어버린 것처럼.

엉망이 되는 것도 괜찮아, 그래서 삶의 질이 떨어진다면, 십만 명이 그대를 책임져 줄 거야.

시작을, 몰랐다면, 끝은 더더욱 풀죽처럼 흐리멍덩할 거야. 하지만 옛날이라고 풀죽이 없었을 리 있나?

지구가 그렇지. 마치 하나의 물방울이 증발된 수증기에 의해 자라나듯.

세월이 길어져도 박자를 맞출 수 있는 사상思想은 없어. 단지 노래하거나, 연설하거나, 여자를 꽃에 비유할 따름이지.

A와 B, B과 C, 이렇게 산을 탄다.

그대 혹시 성현聖賢을 보았는가? 도둑의 아우라가 멀지 않은 데서 빛나고 있다네.

생각해 보면, 풍자도 대비對比도 인민의 투쟁도, 다 아닐세.

이중에 과연 몇 개의 이상理想이 운명의 외투를 입고 있을지?

그 구김 좀 봐, 그대의 소매, 그대의 지질地質.

책상 위에 터져 꿰맨 자국이 두어 개 있지. 가서 보게나, 마치 전쟁포로의 여정처럼, 너무 조용해 다음 순간조차 없을 것처럼.(2008. 11. 12)

신비시 神秘詩

그대가 만물의 관절을 하나의 외딴 섬으로 만들어 버렸지.

그대는 알 수 없는 존재, 마치 백조의 두려움이 개미에게서 온 것처럼.

나는 만 년과 십만 년 사이의 거리가 불과 몇 분밖에 안 됨을 보았지.

그대와 그대의 조국도, 하룻밤의 숲보다 짧아.

무엇이 그대로 하여금 일생을 망각케 하는가?

무엇이, 그대로 하여금 증조할아버지에 대한 추억 속에서 새의 조잘거림이 되게 했는지?

실낱같은 진실도 총애받지 못했네.

공적부에, 그대는 겨우 한 가닥 수소폭탄의 우려를 얻었다고 기록되어 있지.

하지만 사랑은 중첩되더라도 필수적인 것.

비애는 인민들의 즐거운 파티를 환영하는 절망적 일막一幕보다 크다네.

그대는 알고 있지. 미래의 비밀이란 바로

사랑하는 사람을 임종하면서 그의 귓불에서, 생선가시 하나를 영원히 발라내는 것임을.(2009. 7. 12)

옛 기억 속의 포도밭

나의 창, 하나의 틈새를 밀면서, 몇 년 전
갈아엎지 않은 과오에 대해 후회한다.
나의 포도밭, 아름다웠던 날은 하루도 없이, 두 번 이상 있었던 어린 시절의 절도를
모욕했던 것을 후회한다.
이제 그곳엔, 게걸스런 참새도, 먼 곳을 그리워하는 지렁이도,
더 이상 그 퇴폐를 위해 아리따운 탐욕의 노래를 부르지 않는다.

식물의 아름다움이란, 누군가에 의해 열매가 먹히면서,
한입 가득 고인 즙액이, 당신이 작년에 심었던 사악邪惡을 조락凋落시킬 때에 있다.
처마 밑에서 우러러보는 이는, 포도 가지에서 나온 교훈, 한 과수원 농부는
자신이 선택한 싱거운 인생에 스스로를 맞춘다.—
혁명 때문에 녹슬 가위는 없다고.
흉년의 포도가 마치 바람 빠진 고무공과 같은 것처럼.

포도, 울타리 안의 폭탄이 아니라……
일분일초에 빼앗겨 버렸다.
나는 후회한다, 포도밭에서 아무도 포도를 황폐하게 하지 않는 것을
나는 후회한다, 덩굴이 훔쳐보기를 쫓아낸 것을.

하지만 저 울타리 모퉁이에 그리고 지붕 위에, 웅크리고 앉은 작은 불쌍한 것들이, 바로

먼 훗날 나를 애도해 줄 미덕을 지닌 것들임을.(2009. 8)

허무시 虛無詩

아주 짧은 며칠 동안,
꽃은 새로 지고, 죄는 새로운 죄를 더하고,
나는 이미 반대가 지겨워졌다.

가을빛 속에, 어두움이 여전히 줄지 않았고,
왕래하는 사람들의 족적은 여전히 잔혹한 사랑을 통과하고 있다.
강대한 허약함이 여전히 장미와 그리고
정신이 번쩍 들게 하는 전자교향악에 호응한다.
나는 보면서, 들으면서, 예전에 치명적이던 적들조차
혼란스런 소용돌이 속에서 허무와 마주하고 있음을 느낀다.

가을이 끝나고 기나긴 겨울이
모든 얼굴의 뺨과 귓불에 강림한다.
봄은 새로운 어두움과 새로운 은폐를 품에 안고
결코 반걸음이라도 일찍 찾아와
나를 새로이 분노하게 만들지는 않을 것이다.
아침 식사는 내일이 되어야 한다. 먹구름이 모여들기 전
살기 위해 죽어야 한다는 정치를 깨닫는다. 나의 근심은
모든 육체의 붕괴를 촉발하는 것이, 아직도 길 옆 시멘트 회사에서
단잠을 자고 있다는 것.(2009. 10. 5)

세상의 어느 하루(2)

나는 정원에서, 허리를 굽혀, 마치
바람에 날려 간 한 켤레의 양말을 줍듯, 하늘에서 떨어진
국가國家를 줍는다.

나는 도시, 전원, 강물과 다리를 두루 살핀다. 불과
몇 분 만에, 비극을 천 번 이상 부인했다.
나는 환상으로 그것을 검증한다. 심리학으로 그것의 무게를 잰다.

나의 인생에서 이토록 헷갈린 적이 없었다. 내가
방으로 돌아갈 때, 낭만적 암흑이 갑자기 나를 엄습했다.
마치 아주 먼 옛날, 땅속 깊이 묻어 둔, 사람을 놀래키는 진귀한 보물처럼.(2009. 12~2010. 1)

혹은 애도하거나……

수많은 빠른 것들에 비해, 넌 이미 충분히 느리다.
하지만 더 느려지면 그것 또한 비애悲哀.
그대의 내력과 향방이, 나의 그것과
무엇이 다를까? 신비스런 것들은 대부분 사람들로 하여금
헛되이 강기슭을 향해 손을 뻗게 한다.
벗어나라, 그대의 올가미와, 수영복이, 이름 없는
유리구슬처럼 튕겨 나와, 먼 곳에서 그대의 눈물을 지켜보고 있으니.
한 가닥 연기가 된 것은, 바로 물풀, 개미. 유럽보다 더 먼
골목 북측의 공사장.
끊임없이 사라지는 그대의 사상처럼 살아가라. 더 많은
뒤에 올 사람들이, 그대를 이해할 수 없는 것처럼 새 생활을 이해할 수 없으므로.(2010. 3. 10)

02

황찬란

黃燦然

1963년, 푸젠(福建) 성 취안저우(泉州)에서 출생했다. 광저우(廣州) 지난(暨南)대학교 신문학과를 졸업했다. 1990년부터 홍콩 대공보(大公報) 국제판의 번역을 맡아왔다. 주요 시집으로 『수영장 옆에서의 명상(游泳池畔的冥想)』, 『나의 영혼(我的靈魂)』, 『기적집(奇迹集)』 등이 있다. 유럽의 많은 시와 문장을 번역했다.

5인평

● 그의 시는 소박하면서도 꾸밈없는 풍격을 지녔다. 현란한 요소는 모조리 관찰을 방해하는 사물로 간주해 폐기해버렸다. 황찬란이 추구하는 경지는 평범함 속의 신기함과 고요 속의 열정을 보여주는 것이다. 이것이야말로 시가 도달할 수 있는 최고의 경지이다.—**링위에**(凌越, 시인 · 평론가)

● 황찬란의 시들은 갈수록 맑고 투명해진다. 맑은 연못을 거울로 삼아 비추어보는 것처럼 물이 얼마나 깊은지 알 수 없다. 감정을 드러내지 않으면서도 산문화된 일상 언어로 감칠맛 나게 삶에 대한 깨달음을 토로한다. 읽고 나면 회심의 미소를 짓게 한다. 어쩌면 미소를 지은 연후에야 비로소 시에 담겨 있는 따뜻함과 연민을 느낄 수 있을 것이다.—**예후이**(葉輝, 홍콩 시인 · 평론가)

● 황찬란은 구어로 현대시를 표현하는 기법을 자유자재로 구사할 수 있는 경지에 이르렀다. 그의 시에는 당대시 중에서도 구어의 유연성 있는 리듬이 가장 성공적으로 구사되고 있다.—**시뚜**(西渡, 시인 · 평론가)

● 그는 일상회화풍 어조로 시를 쓰는 가장 전형적인 시인이다. 그의 시는 우리에게 시를 억지로 쓴다는 느낌이나 무대에서 낭송한다는 느낌을 주지 않는다. 율격에 맞는 자연스러운 어조로 구어를 구사해 시를 창작하는 것은 아주 중요한 성취이다.—**조우웨이츠**(周偉馳, 시인 · 평론가)

● 황찬란의 시작(詩作)에서는 개인감정이 아주 절제되고 함축된 방식으로 드러난다. 세계에 대한 따뜻한 관심이 그 나름의 방식을 통해 그의 마음속에 숨겨져 있는 사랑을 느낄 수 있게 해준다. 그는 세계에 대해 넘치는 감정을 지니고 있다. 다만, 무단(穆旦)이 「찬미(讚美)」에서 언급했던 "난 너무나 많은 말을 하고 싶고, 너무나 오래도록 감정을 품어 왔어" 처럼 깊고 큰 사랑을 지녔지만, 적극적으로 절제하고 있을지도 모른다. 현실에서나 시에서 그는 줄곧 이런 사랑의 분출을 인내하고 있는 것이다.—**롱광치**(榮光啓, 평론가)

두보杜甫

그는 얼마나 보잘것없는가, 그의 시에 비해.
곤궁했던 한평생, 그의 삶처럼,
우리한테 남루한 이미지만 남겨 두고서,
낙관하는 자는 근심하게, 고통 받는 자는 강인하게 한다.

하느님은 그가 고상할 수 있도록, 그래서 그를 평범하게 만들었고,
그의 나날은 쌀낱처럼, 한 알 한 알이 간난艱難이다.
중국어의 영혼이 마땅한 용기容器를 찾으려 애쓰지만,
이 떠돌이의 품이 바로 따사롭고 아늑한 그의 집인걸.

역사란 그에 비하면 하나의 에피소드에 불과하다.
전쟁이 만약 그를 안다면, 당장 총칼을 거두어들일 것이고,
고통마저, 그의 몸뚱아리에서 깊이를 찾을 것이다.

하느님이 이 남자에게 부여한 것은 보잘것없는 몰골이지만,
산천, 풍물, 재앙과 사랑을 품고,
그 한 사람만 한 시대를 살아가라 한다.(1998)

그래, 하지만 네가 틀렸어

5년 내내

그는 매일같이 통뤄완銅鑼灣에서 버스를 타고 중환中環으로 출근했고,

퇴근 후 또다시 중환에서 버스를 타고 통뤄완으로 귀가했고,

버스 안에서 이리 뒤적 저리 뒤적 신문을 읽었고,

이틀에 한 번씩 옷을 갈아입었고,

일주일에 세 켤레의 구두를 번갈아 신었고,

두 달에 한 번 이발소에 갔었기 때문에,

5년 동안 표정엔 달라진 게 없고 몸매도 그대로이고,

28세에서 33세로 나이를 먹긴 했지만,

역시 변한 건 없어 보이고,

창밖의 풍경도 거의 비슷하고,

아주 가끔씩, 예를 들면

수도관이 터졌을 때, 하수도를 팔 때, 도로공사를 할 때 좀 다른 것을 제외하면,

일종의 "공사 진행 중"의 표지판,

일종의 "대할인"의 플래카드,

일종의 "요구"와 "항의"의 정당 슬로건,

일종의 길이 막히고서야 비로소 눈에 뜨이는 점포, 간판, 그리고 쇼윈도,

일종의 피해자와 가해자가 이미 현장에서 사라지고 없는 교통사고,

너는 그가 특이할 것 없이 너무 식상해,
무미건조하지만 안정된 삶을 누리고 있다고 여기고,
그는 반복되는 나날로 세월을 헛되이 보내고 있다고 생각하고,
사랑한 적도 미워한 적도 있고, 커다란 실패와 성공의 열매를 맛본 적도 있으며,
구사일생으로 살아난 적도 있는, 너는 그보다 행복하다고 여기지만
— 그래, 하지만 네가 틀렸어.
5년 동안, 그는 사랑에도 빠졌었고,
결혼도 했고 아들도 한 명 낳았다가,
이제 가까스로 이혼을 했지만,
너의 달콤한 추억은 그도 할 만큼 해 봤고,
그가 했던 경험들이, 이제 네가 다시 반복하기를 기다리고 있을 뿐.(1999)

할머니의 묘지명墓志銘

여기 펑샹쯔彭相治가 영원히 잠들어 있다.
그녀는 당신들이 알 리 없는 산띵山頂이란 곳에서 태어나,
당신들이 알 리 없는 안텐晏田으로 시집갔다.
남편은 그녀와 혼례를 올리자마자 그녀를 버리고,
당신들이 너무나 잘 아는 난양南洋으로 떠났다.
50년대 그녀가 홍콩까지 갔었지만,
난양에는 가지 않았다. 왜냐하면
남편의 집에 이미 자식들이 그득했기 때문에.

그녀에게는 입양한 아들 둘이 있었다.
첫째는 황딩푸黃定福, 둘째는 황딩바오黃定寶,
맏며느리는 두슈잉杜秀英, 둘째며느리는 라이수쩐賴淑珍,
슈잉秀英은 황쉐렌黃雪蓮과 황쉐샤黃雪霞 두 딸과,
아들 황찬란黃燦然, 그리고 막내딸 황만샤黃滿霞를 낳았고,
수쩐淑珍은 황리화黃麗華과 황샹화黃香華 두 딸과,
아들 황썽리黃勝利, 그리고 막내딸 황만화黃滿華를 낳았다.

70년대, 그녀는 자손들을
잇달아 홍콩으로 불러들여 한자리에서 모여 살게 했고,
90년대, 홀로 안텐으로 돌아가 일생을 마감했다.
자손들은 그녀를 위해 엄숙히 법회法會를 열었고,

2000년에 그녀의 유골을 이곳으로 이장해 왔다.
보시다시피, 이토록 아름다운
췐조우泉州 황지산黃迹山 화교묘원.

행복한 세월을 누리고 있는 사람들이시여,
이곳을 지나는 길이라면,
발걸음을 잠깐 멈추고,
그분의 이름에 주의를 기울여 주오.
만약 좀 더 흥미가 솟는다면
그녀의 소박했던 생애도 읽어 봐 주오.
그분을 위해 탄식해 주오.

그녀의 일생은 단 한 번도 행복했던 적이 없었으므로.(2000)

아내가 집을 나갔다

아내가 고모를 시골집에 모셔다 드리러 간 김에
며칠 동안 친정에 머물렀다.
나보고 딸을 보살피라는 것 — 그것은 곧 내버려 두라는 말이다.
딸은 분명 속으로 기뻐했다. 3년 전
역시 아내가 며칠 동안 친정에 갔었다.
딸은 그 며칠 동안 자유를 누렸다.
즐거움이란 말로 다할 수 없었다.
"엄마가 한 달 더 있다가 돌아온다면
좋겠다!"
옳지, 이제
기회가 다시 왔다. 아침에 날이 밝으면
딸아이는 시간에 맞춰 스스로 일어나, 스스로
전자레인지와 가스불로 아침밥을 지었다.
옆에서 잔소리를 해 대는 엄마가 없으니,
딸 또한 억울함을 해명할 필요가 없다.
딸이 학교에 가면, 나는 잠이 들고,
딸이 집에 돌아오면, 나는 깨어났다.
아래층 음식점에서 저녁을 먹고 나서,
나는 출근하고, 딸은 집을 보면서
숙제도 하고, 샤워하고,
거북이와 강아지 밥도 먹였다.

새벽에 내가 돌아와, 딸이
쓰레기통까지 청소한 것을 발견한다.
이처럼 고요한 생활,
마치 영화에 나오는 유럽의 가정처럼,
나 또한 말로 다할 수 없는 즐거움을 누렸다.
아내가 한 달만 더 있다가 돌아온다면
좋겠다! (2000)

믿음

그들은 친구이다. 어쩌면 그가 이렇게 믿고 있고,
그녀도 이렇게 생각한다.
그러기에 그날 오후,
바닷가의 한 레스토랑에서 식사 약속을 하고
식사를 하고 해변을 산책할 때까지도,
그들은 의식하지 못했다.
거기가 커플들의 산책코스인 걸,
꽃을 파는 여인이 그들 앞에 나타나
흰 장미꽃 한 다발을
사 달라고 떼를 쓸 때까지.
그는 쑥스러워하며 샀고, 그리고 그녀도
쑥스러운 듯 받으며, 속으로 생각했다.
"이게 정말로 저 남자가 주고 싶어 주는 걸까……"
남자도 생각했다.
"사실 난 내 마음마저
바쳤어."
그들은 어깨를 나란히 곁고 걸었다.
자기가 믿는 것만 믿으며,
서로 연락이 끊길 때까지…….(2001)

일상의 기적

예를 들어 이 버스 정류장에서 예를 들어 이 젊은 새댁을 만났을 때,
뛰어난 미모는 아니지만 비범한 매력을 지니고 있는,
그녀를 사랑하고 싶고 그녀를 알고 싶고 그녀와 함께 버스를 타고
그녀 옆에 앉아 있다가 뒤따라 내려 비록 기껏해야
멀리서 뒷모습만 바라보다가 어느 건물로 들어가
어느 행복한 집 현관문을 여는지 보게 될지라도. 혹은 이 노인을 예로 들면,
안색이 차분하고 점잖고 이미 천국의 나무 꼭대기라도 본 듯,
머리를 감싸고 있는 펠트모자가 따뜻하고 소박하고, 그의 눈에는
너를 아들로 삼고 싶은 자상한 눈빛을 머금은 채,
여위고 허약한 그의 몸뚱이도 너로 하여금 그의 아들이 되고 싶다는 마음을 품게 만들고
이렇게 되면 노인을 잘 보살피면서 무한한 효성과 존경의 언어로
소곤거리면서, 노인을 부축해 집으로 모셔다 드릴 수도 있다.

아뿔싸, 그들이, 그 젊은 새댁과 노인이 한 버스를 타서,
너를 실망스럽고도 쓸쓸하게 만들거나, 동시에 행복이 넘쳐흐르게도 하고,
너의 버스가 고속도로를 향해 질주해, 바다가 눈에 들어오고, 햇빛도 평온해질 때,
너는 얼마나 찬미하고 얼마나 감사해 할 것인가. 너는 마땅히 찬미

하고

감사해야 한다. 왜냐하면 일상의 기적을 목도했으므로,

이건 순간의 기적이다. 너는 수시로

네 스스로 수시로 만든 기적과 만난다. 그 젊은 새댁은 늘 괴로워했다.

그녀는 날마다 남편과 시아버지와 시어머니와 싸우고, 직장 동료들과도 어울리지 않으며,

스스로에게도 혐오감을 느껴, 한도 끝도 없는 근심이 그녀를 옭아매고 있고, 그녀를

절망의 심연에 빠뜨린다. 노인의 아들은 게으르면서 도박을 즐기고, 사위는 샛마누라를 품고,

옛 친구와 동료들은 그를 피한다. 그의 가난과 불행 때문에,

노인이 거리에 나오는 이유는, 스트레스를 풀고 마누라의 잔소리를 피하기 위해서이다.

그러나 그런 순간도 있다. 예를 들면 큰 거리에서,

어떤 다른 것이 그들을 빨아들이거나, 혹은 한바탕 바람이 불거나,

혹은 길거리에서 5분 동안 햇볕을 쬔 것으로 인해, 그들이 심신의 스트레스를 풀어

더 이상 가족도, 자신도, 인생도,

계산서도, TV드라마도, 자식의 학업과 장래도,

시골에 있는 가난한 친척들도, 위층의 끝날 줄 모르는 인테리어 공사도,

밤낮없이 티격태격하는 옆집 부부와 그들 자녀와의 싸움마저 생각나지 않게 된다.

그리하여 마치 마침내 온갖 풍상을 겪은 배가 항구에 들어온 것처럼

그들은 평정으로 돌아와, 자신의 영혼과 감각을 되찾고,

생명력과 몸의 빛을 회복했다. 일순 너는 보았다.

네가 찬미하고 감사하고 생명의 찬란한 빛 속에 자리 잡고 있게 한 것이, 마치 지금

네 곁의 승객이 너의 기색을 은근히 부러워하는 것과 다름없음을.(2006)

모자도 母子圖

출근 버스, 오른쪽 앞에서 첫 번째 줄
체격이 큰 데다 건장하고 말쑥해 보이는 소년이 앉아 있고,
소년 옆에 앉은 30세가량의 여인,
분명 그의 엄마다. 그녀는 종종 창밖의 풍경을 가리키며,
설명하고 논평한다. 수다스럽지는 않게,
목소리가 건실하고 또렷해, 듣기에도 들어줄 만했다.
엄마는 계속해서 고개를 끄덕이거나, 낮은 목소리로 대답해, 마치 연인처럼 보였다.
너무 평범해 눈길을 끌지는 않지만, 그녀는 그녀의 아들로 인해
볼수록 예쁘고, 아름답고, 매혹적이며, 섹시하다고 여겨질 것이다.
연붉은색으로 염색한, 한 가닥 한 가닥의 머리카락이
가볍게 목을 타고 드리워져 내리고,
이따금 큰 귀고리 하나가 흔들 흔들거렸다.(2006)

빌딩의 노래

저 높은 빌딩숲, 나는 그들을 사랑한다,
그들은 사람처럼 대의를 위해 치욕도 감내해 가면서,
또한 대의를 위해 치욕도 감내해 가는 수천수만의 인간들을 가슴 속에 품고 있다,
그들은 사람보다 더 사람에 가깝고, 사람보다 더 하늘에 가까우며,
사람보다 더 자연에 가깝다. 그러나 그들은 사람처럼,
그들의 고통과 사랑은 끝이 없다, 나처럼,
그들은 눈물을 보이지 않는다, 나처럼,
그들의 영혼은 티 없이 깨끗하다, 나처럼,
그들은 사람처럼, 사람처럼
서로 기대고 서로 끌어안고 서로 응시한다,
그들의 눈동자는 거대하고, 번득이며 기백이 넘친다,
신과 소통하는 그들, 그들은 신이다,
그러나 그들은 사람처럼, 사람처럼,
그들이 젊었을 때는 건장했다가, 노쇠해지면
피부가 벗겨져 떨어지고, 몸이 바스라진다,
사람처럼, 사람처럼,
흙에서 와서, 흙으로 돌아간다.(2006)

자비경 慈悲經

“요한이 어린 양을 풀어 주면,
백정 헤롯이 그 어린 양을 찾아낸다.
우리는 인내하고,
죄도 없이 인내하는 어린 양 한 마리,
온순한 어린 양 한 마리를 죽음으로 인도한다.”

아, 인내하고, 죄도 없이, 인내하는 요한,
인내하고, 죄도 없이, 인내하는 백정,
인내하고, 죄도 없이, 인내하는 어린 양!(2006)

내가 아는 한 여자

나는 한 여자를 안다.

그녀가 소녀였을 때 어느 빵집에서 일했다. 이른 아침에 출근해 가게 문을 열고 하루의 장사를 준비했다. 그녀는 "날씬하다"는 그 단어조차 그녀의 출현을 기다려 온 듯한 몸매를 지니고 있었다. 그녀의 머리는 검고 길었고, 한 다발로 묶어서 등 뒤로 늘어뜨리고 있었다.

그녀의 까맣고 순수한 눈동자 — 바로 그 눈동자가 나를 암울하고도 슬프게 했다.

나는 그녀를 알지만, 그녀는 나를 모른다. 나는 지금까지 그녀의 손님인 적이 없기 때문에. — 그 후로 나는 단 한 번이라도 그녀의 손에서 빵 하나를 건네받고, 그녀가 감사하다고 하는 말을 들어 볼 수 있기를 얼마나 간절히 바랐던가. 어느 날 그 빵집 문이 갑자기 닫힐 때까지.

나는 늘 그녀가 생각날 때면, 약방으로 바뀐 그 집 문 앞을 지날 때마다 그녀가 한 다발의 머리카락을 등 뒤로 드리운 채 허리를 굽히고 있던 이미지를 떠올리곤 했다. 어떨 때는 희망에 들떠, 약방 점원이 된 그녀를 볼 수 있기를 희망했다.

반년이 지나고, 거리에서 다시 그녀를 만났다. 무엇에 쓰는 건지 모를 작은 수레 하나를 밀고 있었다. 다시 반년이 지나 또다시 그녀를 만났다. 여전히 작은 수레 하나를 밀고 있었다. 하지만 이번에는 다른 한 손으로 한 남자아이의 손을 잡고 있었다. 나는 그 아이가 그녀의 아들이기를 바랐고 또 아니기를 바랐다.

그 후로 몇 달 뒤, 어떨 때는 한 해 만에 그녀를 다시 만날 수 있었다. 사람들 중에서 나 한 사람만이 한눈에 그녀를 알아볼 수 있었다. 평소 스타일과는 전혀 달리 자홍색 롱부츠를 신은 그녀를 만난 적도 있었다. 한번은 그녀가 한 남자아이의 손을 잡고 가는 걸 본 적도 있었다. — 아마도 여전히 그 남자아이였을 것이다.

몇 년 뒤, 즉 삼 년 전이었다, 난데없이 다른 여자로 변해 버린 그녀의 모습을 보았다. 흐트러진 그녀의 머리카락은 산발이 되어 있었다. 어지러운 머리카락 아래로 슬프면서도 멍하고 풀이 죽어 고통에 찬 눈빛. 그녀에게 무슨 일이라도 생겼을까? 실연했을까? 이혼당했을까? 아니면 가장 가까운 혈육이 세상을 떠나기라도 했을까? 실직 — 아니면 주욱 실직 중이다가 지금에 이르러 드디어 가장 절망적인 곤경에 빠지게 된 것일까?

삼 년 동안 나는 여러 차례 그녀를 만났다. 또한 나를 슬프면서도 멍하고 풀이 죽어 고통에 차게 하는 그녀의 눈빛이여!

그녀가 어수선하고 소란스러운 사람들 속을 걷고 있어도, 오직 나 한 사람만이 한눈에 그녀를 알아볼 수 있고, 나 한 사람만이 그녀가 얼마나 아름다웠었는지 알 수 있고, 나 한 사람만이 여전히 그녀의 아름다움 즉, 여전할지라도, 다른 사람이 발견할 수 없는 아름다움, 그리고 이전에 있었을지라도, 더 이상 다른 사람이 알지 못하는 미모를 볼 수 있다. 나는 나 자신이 세상에서 유일하게 그녀와 그녀의 청춘이 어떻게 사그라졌는지 몰래 지켜본 사람이라 믿고 있고, 나는 심지어 그녀보다도 더 강렬하게 그 사그라지게 한 힘을 느끼기 때문이다.

한두 번쯤은, 그녀를 만났을 때, 마침 햇빛이 그녀의 얼굴을 비추어, 그녀의 안색이 환해지고, 눈빛도 순수하게 밝아지는 듯했다. 내가 얼마나 기뻐했던지! (2009)

03

양샤오빈

楊小濱

1963년 상하이에서 출생했다. 예일대학에서 문학박사를 수여한 이후 상하이사회과학원, 미국 미시시피대학, 베이징사범대학, 타이완(臺灣) 중앙연구원, 타이완 정치대학, 타이완 칭화대학 등에서 교수와 연구원 등을 역임했다. 율리시스 국제보고문학상 심사위원을 맡은 바 있으며, 대만의 『현대시(現代詩)』와 『현재시(現在詩)』의 전속 편집장, 미국 문학인문계간지 『경향(傾向)』의 전속기획자, 중국교육TV방송 프로그램 〈예술쟁명(藝術爭鳴)〉의 사회자 겸 기획자를 역임한 바 있다.

시집 『양광지대를 지나서(穿越陽光地帶)』(1994)는 대만현대시 단체의 '「첫 시집」상' 을 수상했다. 그 외 『풍경과 스토리(景色與情節)』, 『청춘의 잔혹한 중국어 · 시가 요리(青春殘酷漢語 · 詩歌料理)』, 『여 태양을 위한 건배(爲女太陽乾杯)』 등의 시집과 『부정의 미학: 프랑크푸르트학파의 문예이론과 문화비평(否定的美學: 法蘭克福學派的文藝理論和文化批評)』, 『역사와 수사(歷史與修辭)』, 『중국의 포스트모던(The Chinese Postmodern)』 등의 논문집이 있다. 2008년과 2009년에는 상웬(上苑)예술관(北京)과 스콩(時空)예술회관(臺北)에서 〈포스트 촬영주의: 도말과 종적(後攝影主義: 涂抹與踪迹)〉이라는 개인전을 열었다.

5인평

● 양샤오빈은 마치 또 다른 개입의 방식을 펼쳐 보인 듯하다. …… 양샤오빈은 분석학에 정통한 고수라 할 수 있다. …… 수식의 쾌감은 기교

측면에서뿐만이 아니라 세속사회에 대한 시인의 새롭고도 독특한 통찰력을 내포하고 있다.—**짱띠**(臧棣, 시인 · 평론가 · 베이징대학 중문학과 부교수)

● 양샤오빈의 언어는 언제나 뒤틀린 느낌을 준다. 다시 말해서 우리가 항상 말하는 지록위마(指鹿爲馬) 혹은 "뽕나무를 가리키며 회나무를 욕하는 식"의 언어수사법이 특징이다. 이런 특징은 대부분 사실에 맞지 않는 듯하다. 하지만 그는 이런 비상식적인 방법으로 자신만의 독특한 수사법을 발전시켰다.—**순원보**(孫文波, 시인 · 평론가)

● 60년대에 태어난 시인 중 양샤오빈은 희극 정신이 가장 뛰어난 시인이다. 이런 희극 정신은 지극히 성숙된 천진함과 피로를 모르는 게임 취향, 언어와 현실이 뒤얽힌 루빅큐브 효과, 귀공자식의 시적 형상과 장난기 어린 창작태도를 내포하고 있다.—**친샤오위**(秦曉宇, 시인 · 평론가)

● 양샤오빈의 시는 매우 장난스럽다. 오직 '히죽거림'이 있을지언정 '성난 욕설'은 없다. 그의 시는 증오가 아니다. 약을 올리면서도 질서가 있다. 양샤오빈은 '비폭력적 협력'의 방식으로 각종 문체 속으로 침투해 굳어버릴 수 있는 모든 언어와 수식, 서술을 선동하여 그들의 모반(謀反)을 기다리고 있는 듯하다.—**왕샤오위**(王曉漁, 통지(同濟)대학 문화비평연구소 교수 · 평론가)

● 양샤오빈의 시는 간략하며 함축적인 변이를 지니고 있다. 절반은 꿈나라고 절반은 일상적인 세계에서 그의 시 한 수 한 수는 우리를 이끌고, 기묘하면서도 쉽게 이해할 수는 없지만 매혹적인 풍경을 넘나든다. 영어

로 번역된 그의 시는 풍부한 메커니즘으로 그로테스크한 스티븐스 시의 이미지를 다시 불러일으켰다. 날카로운 목소리는 우리를 표면세계 이외의 (우리들의 감각기관을 관할하는) 세계로 이끈다.—**존 게리**(John Gery, 국제에즈라파운드학회 회장 · 뉴올리언즈대학 교수 · 양샤오빈 영문시집 번역자)

여女 태양을 위한 건배

태양이 쭈그리고 앉아 씩씩거리고 있을 때,
나는 비로소 그가 여자임을 알았다.

그녀는 이른 새벽부터 이상하리만치 활발하다.
나뭇가지에 뛰어오르고, 창문도 핥는다.
마치 이제 막 교도소를 출소한 소년범처럼.

온몸이 불타오른 그녀, 마치 마실 물을 찾아 헤매듯.
나는 사내의 아이스맥주 한 잔을 건넨다.
"당신, 열이 나는군요, 열이나 식히세요."

그녀는 손을 뒤집어 내 목을 붙잡고,
"잔말 말고, 당신부터 한 모금 마셔 봐요."
나에게 키스를 하면서, 간밤의 어둠을 토해 낸다.

"좋아요, 우리 건배합시다."

눈 깜짝할 사이, 그녀는 바다를 한숨에 들이키고는, 지평선에 나자빠진다.
"맥 풀린 세상, 정말 어쩔 수 없네."

포스트 투약주의

잔디밭에는 "구토"라는 구름 한 송이가 떠 있다.
하지만 이것이 가장 아름다운 것은 아니다.
자양분은, 잔잔한 물결처럼 정수리를 삼키고—
한 줄기 비가 젖을 먹고 웃자란 조약돌을 부른다.

잔잔한 물결 아래에서, 인어공주가 울음을 울자 불륜이 탄생한다.
물속의 사탕. 어? 들었을까?
석화石花가 그들을 대신해 휘파람을 몇 번 불었다 치자—
진주珍珠의 정교로움도, 음모에 지나지 않았는데.

자 곤명호昆明湖더러 독주毒酒 아래 엎어지라 하자.
눈가에 다크서클이 지도록 언덕을 산보하고 있는 암소가,
하도 아름다워 판다가 가짜라는 것도 잊었다 —
단장초斷腸草를 삼키고, 그녀는 검치호劍齒虎가 될 걸세.

포스트 판매주의자의 주기 週記

첫째 날, 나는 악몽을 팔았지만,
하나도 팔지 못했다.
꿈과 꿈들이, 거실에 쌓여, 골육처럼 붙어 버렸다.

둘째 날, 나는 하품으로 바꿔 팔았지만, 아무도 관심 갖지 않았다.
따끈따끈하고 신선한 하품이, 너무 축축해
사람들이 감당할 수 있는 무게를 넘어 버린 것은 아닐까?

셋째 날, 나는 재채기를 팔기 시작했다.
우렁찬 소리에, 다가온 사람보다 도망간 사람이 더 많았다.
어찌된 일일까? 설마
더 은밀하지 않아야 한단 말은 아니겠지?

넷째 날, 나는 웃음을 팔기로 결심했다.
허허 하하 히히 헤헤, 물론
히히의 값이 제일 비쌌다, 너무 어려웠기 때문에.
창틀에 뛰어올라 히히를 빼앗듯이 사 간 그 연인은
앞니를 부딪쳐 부러뜨렸지만, 그래도 입을 다물지 못했다.

다섯째 날, 나는 심장 박동이 더 잘 팔릴 것이라 생각했다.
하지만 사방에서 기관총이 탕탕, 북소리가 둥둥,

이토록 아프고, 이토록 날개 돋친 듯 팔렸다.
마침내 심장박동이 견디지 못하고, 그대로 쓰러져 버렸다.

여섯째 날, 나는 몰래 욕망을 팔기 시작했다.
벌겋게 오르는 홍조, 몰아쉬는 거친 숨, 탱탱한 발기, 하나도 남김 없이 팔렸다.
사는 사람 파는 사람 할 것 없이 모두 지쳐 쓰러졌다.

마지막 날, 내게 남겨진 팔 수 있는 것이라곤 꿈 없는 수면뿐이었다.
하지만 샘플을 시범 보이자마자 내가 잠들어 버렸고, 그 후의 일은 아무것도 모른다.

지난번 여행 : 삼행시 한 세트

1

그를 제외한, 다른 사람들도 몰래 차에 올랐다.
이는 마치 한바탕의 향응처럼 차마저 깡그리 먹어 치웠고
나중에는 기사까지 먹었다. 그리하여 여행은 끝이 났다.

2

풍경도 그의 가슴속에서 출렁이며, 역류했고,
그는 맑게 갠 하늘의 무관심에 놀랐고,
차는 지금까지 한 번도 아침식사 접시에 얼어붙어 본 적이 없었던 듯.

3

원래 폐허廢墟까지만 가기로 되어 있었다.
그는 흥분하여 파닥거린다. 플래시가
프로그램 속에서 애국愛國의 땀방울을 들추어낸다.

4

제1정거장 : 웃통을 벗은 군중들이 즐겁게 웃는다.
제2정거장 : 성장盛裝을 한 군중들이 서로 싸운다.
제3정거장 : 웃통을 벗은 군중들이 화려한 옷으로 갈아입고는……

5

귀를 틀어막고, 그가 박물관 밖으로 뛰쳐나간다.
열사烈士가 뒤에서 울부짖는다. 관장이 소장해 오던
발자국이 거리로 옮겨져 팔려 나간다.

6

가이드 아가씨의 얼굴이 빨개진다. 그가 계속해서
예쁘다, 예쁘다고 말하기에……
마치 폐허 역시 소녀가 될 수 있는 것처럼.

7

그는 가위와 도끼를 타고 건넌다. 강물과
숲을. 누가 그에게 그렇게 많은 것을 소유하라 했던가?
고약한 성질을 가진 그가, 착한 대지를 이긴다.

8

(미련 없이 차를 세우고, 섹스하자.
비를 맞고, 바람에 젖지만, 저녁에는 돼지고기 반찬도 있으니
하얀 눈결 같은 칼 그림자, 달빛을 단숨에 들이킨다)

9
매번 깨어날 적마다 꿈속의 고향이었다.
길은 가짜다. 왜냐하면 길은 언제나 다른 길에
이끌려, 순결을 잃어버리기 때문에.

10
이야기 중에 울리는 코 고는 소리는 반박의 여지마저 주지 않는
가장 훌륭한 웅변. 마치 목적 없이 제멋대로 떠도는 유람이
결코 길을 잃지 않는 것처럼.

11
깃발이여, 깃발! 매 대오는
모두 전진한다. 그는 서로 다른 입으로 노래를 부르면서
사면팔방으로 나아간다.

12
그가 데려온 것은 다른 사람의 발걸음.
마치 한 번도 길을 떠나 본 적이 없는 것처럼.
그는 또다시 차와 기사를 한 무더기 토해 낸다.

패션샵 '헤픈 여자'

마치 에펠탑을 바짓가랑이에 집어넣기라도 하려는 듯,
또한 욕망충족은 대단히 버겁다.
5학년짜리 판매 도우미 아줌씨가 주굴텅한 가슴을 반쯤 드러낸 채
명령을 내린다. "쉬어!"

청바지는 좌경화의 오류를 저지르고,
한달음에 피에르 가르뎅의 뒤뜰에 뛰어들려 한다.
뒤뜰은 다름 아닌 황궁의 가든, 호주머니 속의
가산가수假山假水는 황제가 토해 낸 것.

그는 한 여성 고객 가슴의 장미를 비스듬히 걷어찼다.
국민체조 제2절까지 하고는 허리가 부러졌다.
보아하니, "쉬어"는 "차렷"보다 더 힘들어, 설령 무릎이 우스운 꼴을 당할지라도
바람을 쐬는 즉시 멈춘다.

"내일은 여드름 약 있나요?" "물론이죠.
유럽스타일이에요. 얼굴값 하는 치들은 모두 장부 외 거래로 가져간답니다."
"하반신은 없나요? 바짓가랑이의 물고기 지느러미 잔주름은 필요하지만

브라자의 쌍꺼풀은 필요 없으니까요."

"안 돼요. 내일 불이 꺼지면 우리 모두
젖가슴 골짜기의 방공호에 숨어야 해요.
반짇고리와 다리미를 가지고." "너무 아프지 않을까요?"
"몇 번 더 연습하면, 간지러울 정도로 만족스러워질 거예요."

파리의 봄날*

아이거艾格**라는 애칭의 투피스가, 벗겨져 속옷차림이 되었다.
나는 살색을 만진 줄 알았지만, 그것은 거울이었다.

유리에 젖은 손, 손가락 사이에 남은 것 역시 손가락이 없고
호주머니에서도 또 다른 호주머니를 건질 수 없다.

거울을 비우자, 더 많은 소매가 사라져 갔다.
되돌아보니, 십자수의 실밥이 뜯겨 거미다리가 되었다.

그 어떤 봄날도 붙잡을 수 없네, 성질 속에 꿰매 넣은
솜 말고는 한순간 따뜻해졌다

한순간 차가와졌다, 그럼, 다시 한 번 만져 볼까,
정말로 봄날의 꽃잎일까?

아니면 잃어버린 지 오래된 라벨이,
유토피아로 지르고 들어간 가느다란 허리일까?

나는 다 감지도 못한 시곗줄을 따라, 나쁜 생각에까지 이르렀다.
판매원은 말한다, 그것은 단지 프랑스제 우주일 뿐이라고.

* 여성의류 전문 샵의 명칭.(역자)

** 아이거(艾格)는 유명한 프랑스 여성의류 브랜드 Etam의 중국명.(역자)

심야의 차차차

……는 술병마개
풍기風紀의 단추를 끌러, 한 가닥 정을 보였다.
품에 안고 하고 싶어 안달하고, 첫사랑처럼 발기해
맥박으로 신코페이션* 을 감아 조른다. 숨이 가쁘고, 말을 더듬는다

하지만 룸바춤은 참을 수 없다. 우싼巫山의 구름 위로
날아오는 우뢰에 가슴이 뛴다, 메이란팡梅蘭芳** 은 가짜 옷깃을 휘날리는
칼멘의 장밋빛 스카프를 벗어던지고, 구린내를 바꿔 묻히고 왔지만
여전히 한물간 손짓과 발짓.

어느새 당황하여, 엉덩이를 이리 흔들 저리 흔들 해도
한 줄기 연기를 남긴 숨바꼭질처럼, 세발고양이와 술래잡기하면서,
무도곡에 또 한 곡의 동방홍東方紅***이 있겠거니 여긴다.

이렇듯, 음탕한 여인을 치마 속으로 차 넣어 번지점프를 시킨다.
하이힐을 광낸 후, 밤새도록 팽이를 끌어안고
두 발을 구르며, 남몰래 즐거워한다.

"누가 그들더러

나의 허리 마디마디를 비틀어 살구 비를 내리게 하라 했던가?

……”

* 신코페이션(syncopation) : 절분음 또는 당김음.(역자)

** 梅蘭芳(1894~1961)은 경극의 대가이다.

대표적 레퍼토리로《貴妃醉酒》,《霸王別姬》등이 있다.(역자)

***《童方紅》은 “위대한 지도자 마오쩌둥 주석을 찬양하는 장엄한 송가”로

국가에 버금가는 국민가요.(역자)

횡단보도의 즐거운 주말

길을 건너자마자 어둠 속에 떨어진 쥐의 어금니만 남긴 채
오려진 얼굴이 닭의 깃털처럼 풀썩거린다.
음란淫亂은 막장에 이르고, 여인들 속에서 더 많은 털을 보았다

그녀의 달콤함으로부터, 당신의 어둠에 달려가기까지, 3초의 시간으로
중간에 무쇠 팔뚝을 심었다. 앵무새는 비명을 지르며,
팔고 있는 얼음과자에 금녹金綠색을 칠하고, 얼음과자는 마침내 필로폰이 된다

여름은 언제나 겨울의 마술이 되어, 모자에서 죽은 아이가 튀어나오게 한다.
얼굴은 땅에 떨어져도 역시 얼굴이지만, 끈적끈적하고 납작해
손으로 집어도 구름보다 부드럽게, 직직 소리를 낸다

일평생 숨을 몰아쉬어도 다 쉴 수 없는 쇼핑백에 숨어들어,
하룻밤 격정적으로 고전적 연애행각을 벌이며
언제나 체스 판의 왕과 왕비처럼 죽기 살기로, 싸운다.

긴 칼이 혀를 토하지만 피는 흘리지 않고,
곰보할매가 끊임없이 주절거리는 저주에 맡겨

"즐거워라 즐거워!" 집집마다 모두 귀신이 쓰인 듯

터널 깊은 곳에 심겨진 한란寒蘭 한 송이를 숨으로 덥힌다.
어떤 사람은 연기 같다고 하지만, 지나간 옛이야기가 아니라
내장, 갑자기 솟아나는 식욕, 사방에 넘쳐나는 향기

거의 다 타 버린 명절의 전주곡처럼,
타다닥거리는 기구氣球의 폭발음 가운데, 잔뜩 부풀어 오른 유방의 어지러움 속
갖가지 수작이, 애교 떠는 여인의 소용돌이치는 눈빛을 투과透過한다.

육체의 홍수를 더 높게 쌓아, 더 굶주린 듯 쏟아 낸다
창녀조차 알아보지 못해, 친 여동생이라 여기고
짝을 찾는 꾀꼬리 꿈 이전의 연습이라 여긴다.

화류계란 결국 허황한 곳, 언제나 가다듬은 목청을 앗아 가고
때문에 그 누구의 기침도 거지의 노래를 당해 낼 수 없는 일
층층의 흙먼지를 뚫고 날아와, 뒤통수에 떨어져 내린다

마치 온 시내에 널린 로또가 결국은 한 명의 행운아에게 뽑히는 제

비처럼
  설령 신령의 도둑 미소가 계속될지라도, 여전히
  바야흐로 싸구려 사랑에 눈뜬 귀여운 여인이 잘록한 허리를 당겨 펼지라도

  계단을 따라 엉덩이를 좌우로 흔들며, 발걸음이 종종걸음 아래로 넘어질 때까지
  호금胡琴이 현弦을 쓴다 한들 빨리 달리는 다리를 감을 수는 없어
  별처럼 많은 사람들이 한 발에 채여, 지하도에 흩어져 떨어진다

  더 깊은 천당으로 버려져, 입 안 가득 어둠이 들어차
  마치 나와 당신의 웃음처럼, 마침내 목구멍의 깊이를 알 수 없게 되고
  마침내 몸을 한 번 돌리면 한밤중이 만져지고, 코골이와 떨림이 만져진다

노출露出

그녀는 옛날 사진 속으로 들어가 목욕을 하면서, 누렇게 된 사진의
표면처럼
물을 흐려 놓았다. 내가
입김을 불어 거울 틀을 닦아도, 잘 보이지 않는다
누가, 목욕 커튼 뒤에 숨어 있는지.

"한 소녀예요." 그녀가 설명한다.
"하지만 저는 아니에요." 그녀는
더 많은 비늘조각과 때 자국과 내의와
결혼식의 악보를 버린다. "인어공주인가요?"
나의 물음에 그녀는 웃음을 터뜨린다, 물방울이
나의 얼굴에 튀긴다. "제가 시경詩經 한 구절을 읽을게요"
그녀의 목소리는 은근하고 공허해

나는 알아들을 수 없다. 나는 귀를 틀어막고
나는 내달리다, 그녀의 몸에 부딪치고 나서야 비로소
꿈에서 깨어났다. "누군가 했더니
당신이 여기 있었군요." 그녀는 유리 위를 떠다니다
묵인한다. "당신이
꿈속에서 너무 빨리 달렸기 때문이에요."

그녀는 깨끗이 닦고, 노래를 흥얼거리면서
재채기를 한다. 저 멀리
그녀 아래턱의 뒤집어진 실루엣이
봄날의 목덜미에 걸렸다
"그것은 하나의 선물이에요," 그녀가 속삭인다,
"나는 잊은 지 이미 오래예요."

그녀는 수많은 겨울 동안 쌓여 있던 눈을 걷어 낸다.
나는 그녀에게 담뱃불을 붙여 주었다. 사진은 불빛 속에서
꼬불꼬불해진다. "미안해요", 내가 말했지만,
그녀는 흔적도 없이 사라지고 없었다.

일상의 만가輓歌

1

수염을 잘라 버리고
수염에 붙은 담배를 잘라 버리고
담배에 붙은 불과
불 속에 비친 별들마저 잘라 버리고

내친김에 입술까지 잘라 버리고
뜨거운 키스 속에 번식된 꽃망울도 잘라 버리고
산호처럼 자라는 욕망도 잘라 버리고

어쨌든, 야상곡의 현弦을 잘라 버리고, 현 위에서
무한히 만연한 영혼과
그리고 저들 춤추는 다리와
그리고 시 읊는 혀를 잘라 버리고

성당을 잘라 버리고
깃발을 잘라 버리고
탑의 꼭대기처럼 미친 듯 웃자란 뼈를 잘라 버리고

면도칼을 잘라 버리고
면도칼을 잡은 손마저도 잘라 버리고

2

스카프와 옷깃을 벗어 버리고
동시에 폭풍과 기억을 벗어 버리고

상처를 벗어 버려도, 아픔은 여전히 남지 않을까
날개를 벗어 버려도, 나비의 비상飛翔은 남지 않을까
꽃무늬를 벗어던진 표범은 그래도 배가 고프지 않을까

울타리를 벗어 버리고
더 높은 구름도 벗어 버리고
또한 시인의 팬티를 벗어 버리고
기관器官을 벗어 버린 운율이 사방에 널리 퍼진다

심지어, 소리를 벗어나 말을 하고
잠을 벗어나 꿈을 꾸고
모든 토지를 벗어 버리고, 선조에게 다가가

마침내 피부를 벗어 버리고 표본이 된다

3

씻어 버린 육체의, 핏자국은 더욱 선명하고
씻어 버린 신부의, 연지는 인멸되지 않고
씻어 버린 종이의, 먹도장과 글자국은 더욱 뚜렷해지고

마찬가지로, 씻어 버린 세월은 얼굴보다 더 영원하고

그리하여, 얼굴을 씻어 버리자
또한 시간 자체를 씻어 버리자

바다 속의 소금을 씻어 버리자
결백의 물고기는 햇빛 아래서 죽어 가고
밤을 씻어 버려, 대낮의 옷을 벗기고
그림자를 씻어 버려, 모든 것을 쓸쓸하게 만들자

이 세상을 씻어 버려, 거울 속의 영상만 남기라
깔끔하게

04

시촨

西川

1963년 생. 본명은 류쥔(劉軍)이다. 시인이자 수필가, 번역가 및 평론가로 활동하고 있다. 1985년 베이징대학 영문학과를 졸업했고, 현재는 중앙미술대학 교수로 활동하고 있다.

시촨의 작품과 창작사상은 중국의 동시대 청년 시인들에게 폭넓은 영향을 미치고 있다. 그의 시집으로는 『허구의 족보(虛构的家譜)』, 『대체로 그러하다(大意如此)』, 『시촨의 시(西川的詩)』, 『개인 호오(個人好惡)』 등과 시문집(詩文集)으로 『깊음과 얕음(深淺)』이 있으며 산문집으로 『빈둥거림과 잡담, 한 중국인의 인도 여행(游蕩與閑談:一個中國人的印度之行)』, 『복면 쓴 사람에게 말하게 하라(讓蒙面人說話)』, 『물자국(水漬)』(1997), 평론집으로 『외국문학 명작독본 시가권(外國文學名作導讀本. 詩歌卷)』(2001), 번역작품으로 『보르게스 80년을 회고함(博尔赫斯八十憶舊, *Jorges Louis Borges at Eighty: Conversations, ed.* Willis Barnstone)』, 『밀로스 사전(*Milosz' s ABC' s*)』(공역) 등이 있다. 그 밖에 자살한 시인 하이즈(海子)를 기념하여 『하이즈 시(海子的詩)』, 『하이즈 시전편(海子的詩全編)』을 편집, 출판하기도 했다.

1994년 '현대 한시(漢詩)상' 을 수상한 이래, 2001년에 '루쉰(魯迅) 문학상' , 1997년 'UNESCO장학금' , 1999년 독일 바이마르 10대 세계논문상, 2000년과 2005년 독일문화기금회 상금, 2006년 미국 · 이탈리아 레이니어(Ranier)기금회 상금 등을 수상했다.

1995년 네덜란드 로테르담 국제시가대회, 1997년 프랑스 발 드 마네(Val-de-Marne) 국제시가대회, 2002년 미국 시카고 인문예술제, 2004년과 2008년 독일 베를린 국제문학대회, 2009년 캐나다 밴쿠버 국제 작가와 독자 대전 등에 참여했다.

5인평

● 시촨의 시는 우선 그 무엇에도 비할 수 없으리만치 풍성하다. 그의 시는 다루어야 할 만한 제재와 소재는 다 다룬 듯하고, 모든 정신적 자원은 다 활용한 듯하다. 시촨의 시에는 다른 시인이 절대로 복제할 수 없는 막대한 재생능력이 내재되어 있다. 죽음의 골목에 들어선 듯한 시각(時刻)에도 거뜬히 기사회생(起死回生)하곤 한다. 그의 시는 표면적으로는 고요한 듯하지만, 거기에는 사실상 '방대하고' '예술적 고수'와도 같은 특별한 천재들만이 완성시켜낼 수 있으며 고도로 복잡하면서도 정교한 기교가 숨어 있다.—**징원동**(敬文東, 중앙민족(中央民族)대학 문학원 교수 · 평론가)

● 시촨의 시 쓰기는 갈수록 모든 것을 집대성한 한 시인의 품격을 노정한다. 방대한 독서량을 바탕으로 동서양 문화예술의 원류 계보에 대한 식견과 전통 시가 지닌 신비에 대한 통찰을 토대로 삼는다. 1990년대, 당면한 현실적 글감을 다루기로 작풍을 선회한 이래, 시촨의 시는 초월적인 관찰과 예지를 통해 범속한 현실의 표상 아래 은닉된 계략 하나하나의 패스워드들을 들추어냄으로써, 일반 사물의 배후에 깊숙이 안장되어 있는 시대상의 본질을 폭로했다.—**랴오위안**(燎原, 시인 · 평론가)

● 1990년대 오늘, 시촨은 '상체시(常體詩)'의 굴레를 벗고 맹렬한 형태변화를 시도하는 '잡체(雜體)' 형식을 창출했다. 그는 자유롭고 폭넓은 포용력을 지닌 문체를 활용함으로써, 시에 더욱 풍부한 자양분과 순환조절 체계를 부여했다. 그의 시에 구현된 이른바 '가짜 철학'은 철학적 사변(思辨)으로도 응대할 힘을 발휘할 수 없는 '게토(getto)'와도 같은 공간

에서 전개된 시적 작업이다. 거침없이 황당무계한 공간으로 뛰어들어, 패러독스와 곤혹과 다의성과 황당함 따위가 눈에 보이는 것보다 더욱 심각하게 존재하고 있음을 명명하거나 폭로하여, 그것들이 철학이나 과학기술적 담론으로 인해 지나치게 간소화되거나 말살되는 것을 저지한다. 그것은 이성을 비추는 거울이거나 혹은 이성이 패스워드를 해독하거나 금역(禁域)을 벗어난 후에 도달하는, 한 단계 더 연장된 사상이라고 말하기도 한다. 개인화한 편견과 기이한 발상 속에는 여전히 지성적 인격이 지닌 심오한 '사색'의 품격과 글쓰기의 엄숙함이 스며들어 있다. —**천차오**(陳超, 허베이(河北) 사범대학 중문과 교수 · 시인 · 평론가)

● 민감하면서도 예리한 문제의식, 심오한 인문학적 기초는 시촨의 시가 끊임없이 스스로를 뛰어넘어 당대 시에서 가장 중요한 정합점이자 출발점이 되게 한다. 그의 시는 차분히 가라앉아 있으되 규모가 있고, 균형을 지니면서도 적확하다. 예지적 통찰력으로 충만하지만 다양한 곤란함이나 번거로움을 회피하지 않고, 정밀하고도 탁월한 서정적 품격에 치중하지만 한편으로 이질적인 사물을 향해서도 활짝 문호를 열어둔다. 문명 속으로 끌어들인 패러독스 모델을 통해 시적 경험의 의미를 대대적으로 확장함으로써, 끊임없이 그 무게를 증가시키는 동시에 그 표현의 강도를 단련시킨다. 그는 우리로 하여금 그 본질에 있어서 생활이나 역사에 상호대칭적이고 상호질량비교적인 시가 충분히 필요할 뿐만 아니라 나아가 필수라는 것을 깨닫게 한다. —**탕샤오뚜**(唐曉渡, 작가출판사 편집심사위원 · 평론가)

● 시촨은 당대 시의 주제적 측면에서 '살아 있는 자'와 '현장에 있었던 자'의 정신적 탐색이라는 또 다른 복잡한 정신적 공간을 전개한다.

「경의를 표하며(致敬)」, 「모이다(滙合)」, 「액운(厄運)」, 「근경과 원경(近景與遠景)」 등 대표적인 장시는 당대 중국인의 정신세계와 현실적 처지, 영혼의 충돌, 정서적 인내 등에 대해 역사와 전통, 구체와 형이상학이 종횡으로 교차한다는 의미상, 예언성과 희극성으로 가득찬 글쓰기와 탐색을 수행한다. 아울러, 그의 형식적 다양성과 창조성 또한 당대 시인 중 군계일학으로 불리기에 충분하고, 초기의 정밀성과 정확성, 영혼의 움직임과 놀라운 경계(警戒) 등이나 후기의 자상한 진술과 개방적이고 탄력적이면서도 다소 산만하게 보이는 듯한 분위기 및 그 구조적 완벽성과 '파격' 적 테크닉 등은 당대 시의 형식과 미학에 대단히 귀중한 자양분을 제공했다. —**장칭화**(張淸華)

경의를 표하며

고뇌. 걸려 있는 징과 북. 혼수상태에 빠진 지하실의 표범. 회전하는 계단. 밤의 횃불. 성문城門. 오래된 별자리 아래 풀뿌리에까지 이어진 냉기. 밀폐된 육체. 마실 수 없는 물. 거대한 배처럼 떠다니는 얼음덩이. 승객이 된 새. 끊어진 수로. 태어나지 못한 아이들. 형체를 이루지 못한 눈물. 시작되지 않은 처벌. 혼란. 균형. 상승. 공백…… 고뇌를 어떻게 논해야 실수가 안 될까? 갈림길에서 유실한 화관花冠을 마주한 채, 위험을 무릅쓰고 버틴 대가를 고려해 보라!

고통, 끄떡도 하지 않는 광활한 바다.

고난의 일곱째 페이지에서 문명을 서술하고 있다.

얼마나 소리를 지르고 싶었는지, 강철이 메아리를 하고, 은밀한 삶에 길든 쥐들의 대오가 내 앞에 정렬해 서도록. 얼마나 소리를 지르고 싶었는지, 가능한 한 소리를 낮추어 욕설이 아니라 기도와도 같이, 대포처럼 요란스레 울리는 것이 아니라 바람소리와도 같이 가볍게. 더 강한 심장의 박동이 고요를 수반한 채, 저장된 빗물이 머지않아 누군가에 의해 마셔져 버리는 것을 보면서 소리를 질러 보라. 아! 나는 얼마나 소리를 지르고 싶었는지, 수백 마리의 까마귀가 수다를 떨 때에도, 나는 한 마디 말도 하지 않았다, — 불길한 징조는 바로 나.

욕망은 너무 많은데, 바닷물은 너무 적다.

환상이란 자본에 의해 유지되는 것.

장미가 우리의 잘못을 시정하게 하고, 천둥소리가 우리를 꾸짖게 하라! 길고 긴 여행길에서, 이 여행의 종착지를 따져 묻지 마라. 나방이 불에 뛰어드는 찰나에, 영원을 논하는 것은 시의적절하지 않고, 증거를 들추어 내 한 사람의 완전무결을 증명하는 것도 쉽지 않은 일이다.

기억, 나의 교과서.

사랑, 이루지 못한 바람.

깊은 산에 들어갔던 한 사람이 기적처럼 살아 있었다. 그는 겨울에는 배추를 비축하고 여름에는 얼음을 제조했다. 그는 말했다. "느낄 줄 모르는 사람은 가짜다. 그의 본적과 일상생활조차도." 그리하여 우리는 복숭아꽃에 다가가 후각을 훈련한다. 복숭아꽃이나 그 밖의 또 다른 아름다운 것을 보고도, 모자를 벗어 경의를 표할 줄 모르는 사람은 우리의 동지가 아니다.

하지만 이조차 우리가 바라던 결과는 아니었다. 영혼은 팽개쳐졌고, 언어는 사기당해 빼앗겨 버렸다.

시詩가 죽은 자와 다음 세대를 교도한다.(1992. 5)

겨울

머리가 하얗게 셀 무렵, 오리온 별자리가 우리 곁을 지날 무렵, 영혼이 수분을 잃고 대설大雪이 공장 접견실을 향해 내릴 무렵, 자리에 앉아 있던 여자가 초대에 응해 현란한 조명 아래의 무도장으로 들어서고, 한 아마추어 작가가 원고 쓰기를 멈추고 새벽의 새들에게 모이를 준비하기 시작한다.

눈이 내리고 있고, 말똥은 딱딱하게 얼었다. 시골의 경리직원이 춤을 추며 시내로 들어간다.

고양이 한 마리가 걸음을 멈추고, 두 가지의 목소리로 스스로를 변호한다.

어렸을 적 이해하지 못했던 그림은 지금에 와서도 도무지 알아먹을 수가 없다.

눈을 덮어쓰고 있는 택시는 북극곰처럼 하얗다. 엔진이 망가져 체온이 영도 이하로 떨어진다. 나는 그것의 자포자기를 애써 모른 체하며 차창의 유리에 '사랑해' 라고 적는다. 내 손가락이 유리를 스쳐 지날 때 그것은 유쾌하게 '지직' 소리를 낸다. 마치 키스를 기다리는 처녀가 이마에 빛을 발하는 것처럼.

전염병은 겨울에 유행하지 않는다. 전염병도 자기의 요량이 있기 때문이다.

얼어붙은 수도꼭지는 수많은 방울의 물을 절약했고, 얼어붙은 바다는 우리의 죽음을 절약했다.

한밤중에 잠에서 깨어날 때는, 어김없이 불이 꺼지고 있을 무렵이다. 맨발로 침대에서 내려와, 화로 옆으로 다가가, 부지깽이를 움직이면, 작별의 인사도 없이 사라졌던 불꽃들이 타닥타닥 소리를 내며 다시 돌아와, 이 칠흑 같은 밤의 군침과 호흡을 따뜻하게 녹인다. 때마침 꿈에서 늑대 떼를 만난 사람들에게, 내가 피운 불은 생명의 은인이다. 나는 정말 그에게 말해 주고 싶다. 설령 아무리 혹독한 추위 속이라 하더라도 불꽃에 손이 데일 수 있다고. 늑대가 불을 두려워하는 것은, 분명 그들 중 어느 녀석이 불에 덴 적이 있었기 때문이라고.

오, 문을 부수고 들어온 멋진 사나이, 침대 밑의 저금통을 가져가도 좋고, 화로 속의 불을 가져가도 좋다. 하지만 내 안경과 슬리퍼는 가져가지 말게나. — 왜냐하면 당신이 내 이승의 생生을 대신 살아 줄 수 없기 때문에.

이름 없는 주소로 인해 나는 오래도록 침묵해야 했고, 나는 얼굴

하나를 기억에서 지웠다. 또 다른 삶, 시간을 소비하는 또 다른 방법이, 내 혈육의 또 다른 일부가 되었다. 나는 주소를 손에 들고 눈바람이 몰아치는 거리를 향해 걸어갔다. 장차 나는 어떤 사람에게 받아들여질 수 있을까 혹은 버림받을 것인가?

가래의 흔적, 누군가 살아 있음이다.

추위는 우리의 인내력을 너무 얕잡아봤다.(1992. 6)

액운C 00024

연꽃 한 송이가 하늘에 떠다닌다. 새똥 한 방울이 떨어져 철퍼덕 땅에 붙는다. 주먹 하나가 그의 귓구멍을 뚫고 들어온다. 햇빛 찬란한 길에서 그는 해맑아질 것이다.

하늘에 타오르던 불은 이미 사그라졌고, 지상의 먼지는 몇 가닥의 생명일까? 누군가가 그의 아명을 부르는 소리를 듣는다. 한 아이가 그의 가슴속으로 곧장 걸어 들어온다.

그의 가슴속 여명의 성城에는 오직 하나뿐.

그의 가슴속 피비린내 나는 전쟁터에는 바둑판이 벌어져 있다.

그는 아홉 번의 굴욕, 열 번의 반항, 세 번의 죽음과 네 번의 죽임을 경험했다.

달빛이 더러운 강물에 뿌려지고, 이슬은 낭만의 망령을 말끔히 씻어 낸다.

카니발에서, 망령이 그의 구두 굽을 밟았다. 액운이 시작되고, 그는 짙은 눈썹에 큰 눈을 가진 놈에 의해 대열 밖으로 쫓겨났다.

오랜 세월이 지나 그는 첫 번째 성냥을 그어 불을 붙였다. "이쯤에서 그만 하자"라고, 한 마리의 나비에게 속삭였다.

나비가 치우고 간 길 양쪽, 예전에는 두렁이었던 길 양쪽, 뜨락 곳곳마다 마치 그때 그가 배반했었던 집처럼, 까치들이 타락하고 있다.

낡은 세계는 철거되어 그의 발 옆에 놓여 있고, 그는 자신의 몸이 해맑아지는 것을 느낀다.

슬픔이 그의 관자놀이에 솟구쳐, 마치 옥상에 북두칠성이 솟아오른 것처럼. ……한바탕의 기침과 한바탕의 어지러움이, 그로 하여금 인생의 대사臺詞를 깡그리 잊게 한다.(1996. 12)

액운 F 00202(신원불명)

다른 사람의 웃음소리. 그의 방 안에 다른 사람이 있다. 그의 머릿속에 첫 번째 단어가 언뜻 떠올랐다. 뻘짓거리! 그의 머릿속에 두 번째 단어가 언뜻 떠올랐다. 범법 행위!

그는 있는 힘을 다해 문을 밀었지만, 문은 열리지 않았다. 그는 필사적으로 소리를 질렀다, "꺼져 버려!" 그러나, 분명한 것은 그가 구걸하고 있다는 것. 그는 퇴폐적인 노래를 너무 많이 불렀었다.

자기 집 문을 들어가지 못하는 것은, 마치 말하는 라디오에 들어가지 못하는 것과 같다. 마치 온갖 사물이 죄다 방송하고 있는 것처럼, 심지어 그는 누군가가 그의 뱃속에서 벌주놀이를 하는 소리도 들었다.

거리 가득 재봉사들이 밀려왔고, 거리 가득 가정부들이 밀려왔다. 그들은 그에게 "조금만 참으세요."라고 말했다. 그러나 그는 억지로 손가락을 목구멍 속에 쑤셔 넣고는 뱃속의 놈들에게 명령했다. "꺼져 버려!"

한바탕의 구역질은 그를 상쾌하게 했지만, 죽은 쥐 한 마리가 그로 하여금 길을 에돌아가게 했다. 그는 즐거운 사람들에게 따라붙어, 꽃이 만발한 정원으로 들어갔다. 그는 수많은 사람들의 "꺼져 버려!"라는 호통소리를 들었다.

(어, 누군가 그를 대신해 꺼져 버려 줄 수 있다면, 그는 그 누군가를 대신해 죽어 줄 수도 있는데.)

온 하늘에는 다른 사람의 구름이 가득 떠 있고, 그의 얼굴에는 다른 사람의 석회가 묻어 있다. 성문城門 동굴 안의 양치기가 자기의 양을 모두 먹어 치우자, 그는 손수건을 건네 양치기의 입을 닦으라 한다.

그는 다시 자기 집 문 앞으로 돌아왔고, 방안의 웃음소리는 여전히 그치지 않고 들린다. 그는 다시 소리를 질렀다. "꺼져 버려!" 그에게 돌아온 응답 역시 "꺼져 버려!"

"꺼져 버려— 꺼져 버려— 꺼져 버려—" 이 소리가 세 번 이상 중복된 이후부터는 마치 한 수의 시로 들렸다.(1996. 12)

액운U 20000

그는 시골의 닭 우는 소리와 닭이 울 때까지도 사라지지 않고 있는 어둠을 용서한다. 그는 원시적인 돌절구와 진나라 때부터 더 이상 개선되지 않고 있는 널빤지 쌓기 기술을 용서한다. 그는 심지어 이 모든 것을 그리워하기까지 한다.

그는 잉크가 잘 나오지 않는 만년필과 철들지 않은 당나귀를 용서한다. 그는 학생을 처벌하던 중학교 여선생을 용서하고, 머리가 텅 빈 이 여자가 그를 칠흑 같은 교실에 가둔 것을 용서한다.

그러나 그는 인간의 어리석은 행위는 용서하지 않는다. 비록 그가 밀폐된 울타리, 붐비던 거리, 날아다니던 파리를 용서하고, 비록 따뜻한 방에서도 닭살이 돋던 그 사람을 용서할지라도.

그는 까마귀의 급강하, 홍학의 수다를 용서하지만, 하늘에서 내린 돌과 기와조각의 비는 용서하지 않는다. 비록 거칠고 급한 성격을 극복한 지 오래되긴 했지만.

땅바닥이나 뒹구는 군대, 우유를 마시던 법관, 그에 관한 신상기록과 소문과 판결을 용서하지만, 그러나 플래카드와 문서와 책과 카탈로그의 오탈자는 용서하지 않는다.

그는 자신을 배신한 자식과 그를 떠난 아내를 용서한다. 그의 흐느낌은 그 어떤 글에서도 보이지 않는다. 오늘에 이르러서야 우리는 그에게 있어서 유일하게 값나가는 물건인 라디오를 박살 낼 충분한 이유가 있었음을 알게 되었다.

그러나, 그는 그렇게 하지 않았다. 그는 전기의 신앙과 물의 신앙을 용서한다. 반짝이는 강물은 얼마나 우울할까? 그러나 그는 신앙 없는 하늘은 용서하지 않는다. 그는 어디로 향해 가야 할까? 또 어떤 사람을 만나게 될까?

그는 그의 암癌, 엉망이 된 장례식과 장례식에 나타난 먹구름을 변질된 음식처럼 용서한다. 그러나 그를 위해 태워진 지전紙錢은 용서하지 않는다.

그가 죽은 지 20년이 지난 오늘, 우리는 그가 한 사람의 인간이었음을 추인한다.(1996. 12)

계율戒律

살생하지 않기 위해
너 자신의 치아까지 완전 무장해도 좋다
그리고 상상 속에 들어 있는 피에 굶주린 광기를 모조리 소진하라
신이 상상력까지 징벌할 수는 없지만
그러나 광기의 상상 속에서조차 너는 땅 위의 개미를 밟아 죽이지 않도록 조심해야 한다

육식을 하지 않기 위해
땅 위의 모든 동물이 정갈하지 않다고 가정할 필요가 있다
너의 육체나, 너의 내장처럼
혹 너는 연민의 마스크를 써라
다만 채식이 결코 네가 아무리 먹어도 뚱뚱해지지 않는다는 것을 보장해 주지는 않아

술을 마시지 않기 위해
중요한 건 술 마신 후 번거로운 일을 만들지 않기 위해
버려진 술병에 냉수를 채워 두어라
냉수를 마셔 보라. 맑게 깬 머리로, 취기의 악마를 저주하라
신의 환심을 사기 위해서라면 세금쟁이가 펄펄 뛰며 발광한들 어떠리

도둑질하지 않기 위해
타인의 방을 훔쳐보지 말고, 타인의 서랍을 열지 마라
일찍이 솜씨를 시험해 본 적이 있었다면
너는 네 일평생 동안 변명하면서 살아가야 하리
그게 네가 사유재산제도를 멸시하는 방식 중의 하나라고

꾸미지 않기 위해
스스로 승려 차림을 하라
그러고 나서 자신의 혼탁을 발견하고, 그런 후 두 번 다시 단장하지 않는다면
너는 다음과 같이 찬양받을 지리니
"듣거라, 그의 해맑은 말투를! 보거라, 그 손 안의 진리를!"

음탕하지 않기 위해
좋아하는 이성異性과 비극이나 심오한 학문만 논하라
그렇다고 영혼의 고민으로 화제를 이끌지는 말지어다
음욕은 하나의 함정
좋기로는 그 곁을 어정거리기만 하는 것

욕심내지 않기 위해
어두운 방 안에서 자신을 왕으로 책봉하는 것도 좋다

마스터키를 한 벌 맞춰 손에 쥔 채
걷고, 멈추고, 돌아서고, 햇살 가득한 너의 도성都城 안에서
너는 녹슨 자물쇠들을 열어 볼 가치도 없다고 여길 것이다

허튼소리를 하지 않기 위해
너는 매주 하루를 정해
아무도 없는 야외로 나가 허튼소리를 한없이 지껄이라
그리고 한숨을 길게 쉬고 나서
다시 집 처마 밑으로 돌아와 진중하고 말주변 없는 신사 또는 숙녀가 되라(1998. 1)

필요 없다

분홍색 귀들에게 부탁할 필요 없다
그들은 경우 있는 소리만 받아들이므로
하지만 너의 목소리는 갈수록 경우가 없어진다
마치 해질녘 법원 창밖에 울리는 천둥소리처럼

머리를 울긋불긋하게 염색했지만, 새가 아닌 너
어디로 가야 할지 몰라 당황할 때, 돌을 던져 길을 물을 수밖에 없는 너
별과 달, 산등성이가, 큰 곰 한 마리의 울음을 허락하지만
그러나 도시에서, 너의 슬픔은 마치 화폐만큼이나 가치가 없다

자기의 팔뚝을 물어 잇자국을 남길 필요 없다
벽에 난 구멍 속의 쥐를 방해하지 마라, 그건 너의 이웃
찻잔이 탁자에서 바닥으로 미끄러져 떨어질 찰나
귀신같은 속도로 손바닥에 받아야 한다

돈을 많이 벌지 못할 땐 아껴 써라
푼돈마저 벌지 못할 땐 욕망을 깨끗이 없애라
그렇다고 기존의 도덕에 새로운 도덕을 추가할 필요 없다
저들 인기 있는 사람들을 보라, 저들 바보들을 보라

이제부터 홀로 한밤중의 전화를 받는다
수화기에서 통화중 소리밖에 안 들린다면 플러그를 뽑으라
이제부터 홀로 땅콩을 깐다
이 경우 없는 맛을 가상하면서, 탐욕의 미를 슬며시 폭로한다

갈수록 경우가 없어지는 너의 목소리가 외로움으로 인해 더욱 커지고
허공이 탱크를 몰아 너의 몸을 공격해 점령하는 것을 본다
하지만 수면제에 의지할 필요 없이, 집 문을 나서라
공중空中에 매달린 여관을 찾아가 거기서 네 불면의 지붕을 바라보라

혹은 쓰레기 냄새 풍기는 거리를 지나
집집마다 문을 두드려 네가 너무 일찍 뿌렸던 시詩들을 수거하라
거물들의 심리적 질병은 모방할 만한지
아무리 완벽한 조롱이나 풍자 역시 사상의 결핍을 의미한다

영화관에 잠입할 필요 없다, 영화가 끝나고
걸어서 집으로 돌아가는 사람들은 영웅들처럼 팔자걸음을 걷지만, 연거푸 하품을 한다
손가락에 박힌 나무가시를 뽑아낼 필요 없다

그냥 아프도록, 감염되도록, 곪아 터지도록 내버려 두라

죽은 자의 명의로 영혼을 처형하는 구름을 반대해야 한다
편리를 위해 땅을 뚫을 필요 없다
그러나 여전히, 시시각각 사람들은 죽어간다
마치 재미있었던 말이 시간이 갈수록 재미없어지는 것처럼

이제부터 홀로 낡은 자전거를 나는 듯 빨리 달린다
또한 폐허 속에서 다시 한 번 발가락을 셀 필요 없다
가능하다면, 바다로부터 뛰어 건너라
뛰어 건너지 못하면, 기꺼이 바다에 빠져 죽으라(1998. 6)

아는 사람

A가 식사를 초대했다. B가 C와 함께 왔다. B가 요리를 시켰다. 우리는 죽도록 먹고 마셨다.

부어라 마셔라 하면서 우리는 SARS, 조류독감, 구제역, 광우병에 대해 이야기했다. 동물들이 모두 미쳐서, 자살 테러를 하는데도 우리는 머리가 멀쩡한 척했다.

우리는 이상주의가 이미 유행이 지났다고 감탄한다는 말조차 유행이 지났다고 감탄했다. 우리는 흘러간 옛 노래를 함께 부르며, 시대의 새로운 이미지를 다투어 구가謳歌했다.

C가 계산을 했고, 나는 고맙다고 했다.

세 사람의 눈에 핏발이 솟았다.

나는 고맙다고 했다. 세 사람은 의자를 밀어젖히고 나를 둘러쌌다. 나는 그들이 호의를 품고 있지 않음을 알아챘지만, 언제 그들에게 죄를 지었는지 생각나지 않았다.

A가 말했다, "이제 시작하지!"

내가 물었다, "왜 그래?"

B가 주먹으로 나를 한 대 쳤다.

내가 물었다, "왜 그래?"

C가 발로 나를 찼다.

내가 물었다, "왜 그래?"

A는 노려보며 내 얼굴에 침을 뱉었다.

내가 물었다, "왜 그래?"

그들은 나를 후줄근하게 두들겨 팼다. 그들은 마침내 포만감을 느꼈다.

땅바닥에 주저앉으면서도 나는 계속해서 물었다. "왜 그래?"

그들 셋이 입을 맞춰 소리 질렀다. "왜 그래는 뭐가 왜 그래야?"

(2004. 12)

별 볼일 없는 인간

마치 영화의 한 장면처럼. 보슬보슬 내리는 비가 자정이 지난 밤거리를 휑뎅그렁하니 텅 비우라 호소하는 듯.

나는 영화배우처럼, 온몸에 찌든 연회의 지독한 담배 냄새 술 냄새를 풍기며 택시 뒷좌석에 앉아 있었다. 택시기사는 라디오 방송의 경극京劇에 죽어라 귀를 처박고 있었다. 우리 사이에는 드라마틱한 묵계默契가 연출되고 있었다.

마치 영화의 스토리처럼, 나는 우연히 오른쪽 뒷바퀴에서 나는 이상한 소리를 들었다.

택시기사가 말했다. "괜찮아요, 방금 그 타이어를 수리했거든요."

그가 괜찮다면 괜찮은 거다.

모든 등불이 꺼진 은행 빌딩을 지나고도 아무 일이 없었다. 내가 두 여자와 로맨틱한 스토리를 연출했던 길 코너를 돌아도, 아무 일이 없었다. 내가 공연한 걱정을 한 것 같았다.

그러나 내 귓가에는 "타이어가 떨어져 나가면 어떡해"라고 소곤거리는 소리가 맴돌았다.

택시기사가 말했다. "괜찮아요, 타이어는 달릴수록 더 조여져요."

갑자기 차체가 움찔하더니, 바퀴가 밤의 어둠에 의해 떨어져 나갔다. 차가 빗속에서 흐늘거리는 한 마리의 금붕어가 되었다. 차 밖으로 튕겨 날아간 나의 놀란 영혼이, 노면을 긁고 지나가는 휠이 연이어 튀겨 내는 불똥을 보았다.

택시기사가 "제기랄" 하면서 급브레이크를 밟았다.

나는 기사를 따라 급히 차에서 뛰어내렸다. 연기하는 것처럼.

거리에 다른 차는 한 대도 없었다, 마치 스태프에 의해 촬영 현장이 통제된 것처럼.

오직 외로운 그 바퀴만이 마치 노기를 품은 듯, 비를 무릅쓰고 우리를 쫓아와, 맹렬한 기세로 기사를 쓰러뜨리고는, 미친 듯이 그의 몸을 짓이겼다.

그러나 그는 일어나서는 배우처럼 냉정을 유지하며 말했다, "괜찮아, 괜찮아."

그래, 그가 괜찮다면 괜찮은 거야.(2004. 12)

샤오라오얼小老兒

샤오라오얼은 어리다. 샤오라오얼은 늙었다. 샤오라오얼이 어린아이 얼굴을 한번 스윽 문지르자 늙은이가 되었다. 샤오라오얼은 박수친다. 샤오라오얼은 기지개를 켠다. 샤오라오얼은 우리 가운데로 온다. 샤오라오얼은 동쪽으로 가다가, 잠깐 멈춰 선다. 샤오라오얼은 서쪽으로 가다가, 손차양을 하고 앞을 바라본다. 샤오라오얼은 그림자를 관통한다. 샤오라오얼은 그림자로 변한다. 샤오라오얼은 벽돌에 걸려 넘어진다. 샤오라오얼은 벽돌로 변신해 다른 사람을 걸어 넘어지게 한다. 샤오라오얼은 산들바람을 쫓는다. 샤오라오얼은 산들바람의 머리끄덩이를 잡는다. 샤오라오얼은 산들바람에게서 재채기를 배운다. 샤오라오얼에게 전염되어 나무도 재채기를 하고, 돌도 재채기를 한다. 샤오라오얼은 약방으로 들어간다. 샤오라오얼이 재채기를 하자 약방이 작살난다. 샤오라오얼은 미친 듯이 기뻐한다. 샤오라오얼은 하루 온종일 먹고 논다. 샤오라오얼은 혼란스러워 정신을 못 차린다. 샤오라오얼은 자만하여 분수를 모르고 우쭐댄다. 샤오라오얼은 마시고 못 가면 지고라도 가는 타입이다. 누군가 샤오라오얼을 신경 쓰지 않으면 샤오라오얼은 그에게 본때를 보여준다.

샤오라오얼은 사람들을 만나는 족족 희롱한다. 있는 자건 없는 자건 구별하지 않고. 노동자건, 농민이건, 장사치건, 군바리건, 학생이건, 지식인이건, 실직한 놈팽이건 구별하지 않는다. 샤오라오얼은 눈부릅뜬 사람을 때린다. 샤오라오얼은 가래침을 뱉는 사람을 때린다.

샤오라오얼은 밥 먹을 때 쩝쩝 소리 내는 사람을 때린다. 샤오라오얼은 밥 먹을 때 시끄럽게 떠드는 사람을 때린다. 샤오라오얼은 용변 보고 물 내리지 않는 사람을 때린다. 샤오라오얼은 손 안 씻는 사람을 때린다. 샤오라오얼은 사람을 때릴 때 정말 무자비하게 때린다. 숨이 턱에 찰 정도로 사람들을 때린다. 샤오라오얼은 속이 타도록 사람들을 때린다. 샤오라오얼은 다른 사람을 때리면서도 자기 코피가 터진다. 샤오라오얼에게 갑자기 도덕심이 생겼다. 샤오라오얼의 도덕이란 도덕을 반대하는 것이다. 그래서 샤오라오얼은 머리는 무겁지만 발걸음은 가볍다. 샤오라오얼은 병이 났다. 샤오라오얼은 잠시 쉬어야 한다. 샤오라오얼은 38.2°까지 열이 올랐다. 샤오라오얼은 구급차의 괴음怪音을 들었다. 샤오라오얼은 인민의원人民醫院에 입원했다. 샤오라오얼은 남자의사들 여자의사들과 치열하게 열정을 태웠다. 샤오라오얼은 죽은 체한다. 샤오라오얼은 병원을 빠져나왔다. 샤오라오얼의 병은 열풍熱風을 맞아 더욱 심해졌다. 샤오라오얼은 모종의 세균이 되었다.

샤오라오얼은 고양이 혹은 줄머리사향삵이 변신한 것이다. 샤오라오얼은 샤오라오얼로 변신했다. 하나의 샤오라오얼이 스무 명의 샤오라오얼로 변신했다. 샤오라오얼은 벅적거리는 사람들 속에 끼어들기를 좋아한다. 샤오라오얼은 샤오라오얼을 이해하는 법을 학습한다. 샤오라오얼은 샤오라오얼들과 똥 무더기 속에서 수영 시합을 한다. 샤오라오얼은 샤오라오얼들과 코 푸는 시합을 한다. 샤오라오얼은 지도를 본다. 샤오라오얼은 광동廣東 성과 네이멍구內蒙古, 산시山西 성과 허베이河北 성을 발견한다. 샤오라오얼은 8,000만의 샤오라오얼을 필요로 한다. 8,000만의 샤오라오얼은 산지사방으로 흩어져 간다. 8,000만의 샤오라오얼은 재채기로 서로 연락을 취한다. 8,000만의 샤오라오얼은 도망치는 범인처럼, 도망치지 않는 큰 관리 두 명과 도망칠 곳이 없는 작은 관리 3,000을 잡았다. 샤오라오얼은 그들과 '열이 난 새잡기 놀이' 를 하면서, 울긋불긋한 새똥 속에서 미끄러지고 자빠진다.

샤오라오얼은 작은 삽을 들고, 작은 꽃과 작은 풀을 떠내고, 개미와 개똥벌레를 떠낸다. 샤오라오얼은 학교를 봉쇄하거나, 학교를 점령했다. 마을을 봉쇄하거나, 마을을 점령했다. 샤오라오얼은 길에 함정을 팠다. 봄이 왔다. 샤오라오얼이 제비는 아니지만, 봄의 공모자라 여긴다. 샤오라오얼은 봄날의 가랑비 방울을 즐긴다. 봄날의 가랑비 방울은 탐관오리들의 머리에도 떨어진다. 샤오라오얼은 절대로 자기가 탐관오리들의 공모자라고 생각하지는 않는다. 샤오라오얼은 그들에 맞서 대항한다. 샤오라오얼은 모기의 짓거리를 경멸한다. 샤오라오얼은 대장균의 꼬라지를 경멸한다. 샤오라오얼은 다리가 민첩하고, 팔뚝의 힘이 세, 어미 판다와 아기 판다를 잡았다. 알고 보니 그것들은 변장한 큰 곰과 작은 곰이었다. 샤오라오얼은 은근히 어깨를 누르는 무거운 책임감을 느꼈다. 샤오라오얼은 자신이 하늘을 대신해 정의正義를 행한다는 것을 믿지 않는다. 사실 샤오라오얼은 '소 발에 쥐잡기' 처럼 운이 좋았을 뿐이었다. 그러나 샤오라오얼은 갑자기 진지해진다. 샤오라오얼은 잘 먹지도 잘 자지도 못했다. 원래 미친 것 같았던 샤오라오얼은 지금 더 미쳐가는 듯했다.

샤오라오얼은 무위이치無爲而治의 옛 전통을 끝내기로 했다. 샤오라오얼은 구경만 하는 신세 따위는 더 이상 지속하지 않기로 결심했다. 샤오라오얼은 샤오라오얼에게 말했다. 모든 사람이 다 샤오라오얼이 되어야 한다고. 그리하여 샤오라오얼은 진부한 시를 지었다. 샤오라오얼은 동팡東方TV에 출연했다. 샤오라오얼은 주인이다. 샤오라오얼은 주인공이다. 샤오라오얼은 주어主語이다. 샤오라오얼은 자기의 술어와 목적어이기도 했다. 샤오라오얼은 조금은 신비롭다. 헤헤헤. 샤오라오얼은 자기가 '샤오라오얼' 임을 부인한다. 샤오라오얼은 자기가 존재한 적이 있음을 부인한다. 샤오라오얼은 다른 사람이 갈피를 잡을 수 없게 하기 위해서, 자기의 신세를 절대로 발설하지 않는다. 샤오라오얼은 어눌해 의미표현을 제대로 하지 못하지만, 그것이 그의 상상력을 발휘하는 데 아무런 영향도 끼치지 않는다. 샤오라오얼은 모든 사람에게 전화를 건다. 샤오라이얼은 전화통을 붙잡고 소리를 내지는 않는다. 샤오라오얼은 집집마다 찾아가 문을 두드린다. 샤오라오얼은 너 자신도 샤오라오얼임을 알라고 부추긴다. 샤오라오얼은 부부나 연인 사이에 끼어든다. 샤오라오얼은 그들을 밀쳐내기도 하고, 그들을 다시 붙이기도 한다. 샤오라오얼은 자기가 헛소문의 총아임을 알고 있다.

샤오라오얼이 나쁜지? 샤오라오얼이 좋은지? 샤오라오얼이 뭘 하려고 하는지? 샤오라오얼은 스스로를 납치하고는 전 세계를 향해 몸값을 요구한다. 샤오라오얼은 스스로를 중독시키고는 전 세계를 향해 해독약을 달라 한다. 샤오라오얼은 전 세계를 향해 샤오라오얼을 파견해야 할 사명을 지니고 있다. 샤오라오얼의 배후에는 분명 고위층 인사의 지시가 있다. 그러나 샤오라오얼 자신 스스로도 어떻게 된 영문인지 알지 못한다. 샤오라오얼은 기뻐한다. 샤오라오얼은 잔뜩 부풀어 오른다. 샤오라오얼은 가라오케를 재발명하고, 구구단을 재발명한다. 됐네! 됐어! 샤오라오얼은 풍선처럼 떠오른다. 샤오라오얼은 이리저리 떠다니는 것이 낭만적이라고 생각한다. 샤오라오얼은 가볍게 땅에 착륙한다. 샤오라오얼은 자신이 땅에 착륙하는 소리를 들었다.

샤오라오얼은 살아 있는 자의 뒤를 따라 걷는다. 살아 있는 자가 걷다가 죽어도 계속해서 걷는다. 샤오라오얼은 죽은 자의 뒤를 따라 걷는다. 죽은 자들은 가볍기가 한량없어 질주할 때 날아가는 것 같다. 샤오라오얼은 죽은 자를 볼 수 있지만, 죽은 자는 샤오라오얼을 볼 수 없다. 샤오라오얼은 마침내 죽은 자를 보았다. 샤오라오얼은 무서워 감히 보지 못하다가, 보고 싶어 하다가, 또 무서워 감히 보지 못한다. 샤오라오얼이 머리카락을 기르는 것은 거꾸로 세우기 위해서다. 샤오라오얼이 심장을 키운 것은 쿵쿵쿵 뛰게 하기 위해서다. 샤오라오얼은 하얀 시트, 하얀 베게, 하얀 이불커버, 하얀 마스크, 하얀 대문과 하얀 벽을 보았다. 샤오라오얼은 하얀 구급차가 죽은 자처럼 나는 듯 질주하는 것을 보았다. 샤오라오얼은 이전에도 본 적이 있었다. 샤오라오얼은 깜빡했다. 샤오라오얼은 아무것도 없이 텅 빈 하얀색을 보았다. 샤오라오얼은 머리가 어지럽도록 보았다. 샤오라오얼은 하얀색 가운데에서 검은 점 하나를 보았다. 검은 점이 커지고, 샤오라오얼은 아무것도 없이 텅 빈 검은색을 보았다. 샤오라오얼은 좋지 않은 큰일이 벌어졌다는 것을 알아챘다.

샤오라오얼은 누군가 부처님을 모시는 것을 보았다. 샤오라오얼은 누군가 도시의 모든 전등을 훔치는 것을 보았다. 샤오라오얼은 첩보를 얻었다. 누군가 샤오라오얼을 사칭하여 식당에서 공짜로 먹고 마시고 있고, 마치 고위간부의 자녀를 사칭하여 돈과 여자를 사기 쳐 먹는 것 같다고. 샤오라오얼은 자기보다 더 나쁜 사람을 만났다. 샤오라오얼은 신이 났다. 샤오라오얼은 부자가 될 기회를 만났다. 사실 샤오라오얼은 부자가 되더라도 소용이 없다. 샤오라오얼은 슈퍼에서 빵과 라면을 훔쳤다. 샤오라오얼은 샤오라오얼에 관한 드라마를 제작했다. 샤오라오얼은 당황해 갈팡질팡하는 사람들에게 상장을 내렸다. 샤오라오얼은 처녀들에게 연애편지를 썼다. 그러나 샤오라오얼은 금방 싫증이 났다. 샤오라오얼은 많은 사람들이 선글라스를 낀 채, 샤오라오얼을 못 알아보는 척한다는 것을 알아차렸다. 샤오라오얼은 기분이 좋지 않았다. 샤오라오얼은 선글라스에 대한 보복으로, 보는 대로 벗기거나, 선글라스를 낀 두 사람에게 서로의 눈빛으로 애증愛憎을 표현하도록 시켰다.

모든 사람이 샤오라오얼을 두려워한다. 사람들은 상대방이 샤오라오얼인지 아닌지를 추측한다. 은행에서, 식당에서, 기차역에서, 단란주점에서. 사람들은 아무리 추측해도 결과가 없었고, 그래서 170만 명은 맹렬한 기세로 도시를 도망쳐 나갔고, 85만 개의 쓸쓸한 방이 남겨졌다. 그러나 훨씬 많은 사람들은 문을 밖으로 잠근 채, 집안에 틀어박혀, 숨조차 크게 쉬지 못하고, 큰 소리로 말도 못했다. 샤오라오얼은 자신의 위력을 알아챘다. 샤오라오얼은 이에 대해 자랑스럽기도 했지만, 이에 대해 매우 궁금해 했다. 샤오라오얼은 마음속으로 생각했다. 샤오라오얼이 도대체 뭐람! 샤오라오얼은 멍하게, 한 사람도 없는 길거리에 섰다. 샤오라오얼은 눈물이 온 얼굴을 적실 때까지 노래를 불렀다. 샤오라오얼 스스로 스스로에게 감동한다, 문학청년처럼. 샤오라오얼은 죽도록 고통스러워, 자신을 배반하려 생각했다. 샤오라오얼은 자신을 배반했다. 샤오라오얼은 이미 배반했던 자신을 다시 배반했다.

샤오라오얼은 사람을 죽여도 피를 보지 않는 그런 사람은 아니다. 샤오라오얼은 솔선수범해 마늘을 먹고, 반란껀板藍根*을 마신다. 샤오라오얼은 솔선수범해 알베르 카뮈의 『페스트』와 가브리엘 가르시아 마르케스의 『콜레라 시대의 사랑』을 읽었다. 샤오라오얼은 지식인을 위해 샤오라오얼 형이상학과 샤오라오얼 은유법을 발명했다. 샤오라오얼은 샤오라오얼이 너무 싸구려 토픽이 되는 것을 반대한다. 샤오라오얼은 사람들에게 "외출하지 말라!"고 호소했다. 샤오라오얼은 감금당한 사람들이 거꾸로 자기가 죄인임을 유도한다고 계몽한다. 샤오라오얼은 사람들에게 걱정하라 하고, 사람들에게 자기가 사람이라는 것을 기억하라 한다. 샤오라오얼은 사람들에게 삶 이외의 것을 보라 한다. 샤오라오얼은 원래 목적이 없었지만 지금에 와서는 목적이 이미 다 달성됐다고 여긴다. 샤오라오얼은 이제 떠나야 한다. 샤오라오얼은 못내 떠나기 아쉬워한다. 샤오라오얼은 쾌도난마快刀亂麻식 처리를 좋아한다. 그러나 샤오라오얼은 꾸물거리기도 한다.

샤오라오얼은 소리를 내지 않았다. 샤오라오얼은 은신초隱身草를 삼켰다. 샤오라오얼은 벽에다가 "샤오라오얼을 즉시 태워 없애라!"라고 커다란 글자를 새겼다. 그러자 도시의 모든 사람들이 몰려나와,

숨을 돌리고, 정신을 차려서, 전 도시가 샤오라오얼을 찾고, 전 도시가 샤오라오얼을 체포하려 한다. 샤오라오얼이 도망갈 곳은 없다. 샤오라오얼이 드디어 체포됐다. 샤오라오얼은 유리병 속에 넣어졌고, 라벨이 붙여졌다. 샤오라오얼A, 샤오라오얼B, 샤오라오얼C. 샤오라오얼은 판결을 받았다. 샤오라오얼에게 도덕적 죄는 없었지만, 도덕적 죄가 강제로 덧씌워졌다. 샤오라오얼은 어두컴컴한 작은 방에 갇혔다. 샤오라오얼은 어두컴컴한 방에서 거울을 본다. 샤오라오얼은 거울 속에서 칠흑의 어둠밖에는 아무것도 없음을 보았다. 샤오라오얼은 조금 겁이 났다. 때가 되었고, 샤오라오얼은 총살형에 처해졌다. 그러나 샤오라오얼은 총알을 맞고도 죽지 않았다. 샤오라오얼은 다시 일어났다. 샤오라오얼은 커지기도 하고 작아지기도 했다. 샤오라오얼은 짜증이 났다. 샤오라오얼은 자기의 목을 졸랐다. 샤오라오얼은 자기의 머리카락을 뽑았다. 샤오라오얼의 머리카락이 너무 많아서 아무리 뽑아도 다 뽑히지 않았다. 샤오라오얼이 머리카락을 다 뽑았지만 새 머리카락이 계속해서 자라 나왔다.

샤오라오얼은 한바탕 소동을 일으켰다. 샤오라오얼은 비둘기장에 들어갔다. 샤오라오얼은 하수도에 들어갔다. 샤오라오얼은 다른 샤오라오얼을 만나지 못했다. 샤오라오얼은 자기의 근거지로 돌아왔다. 샤오라오얼은 갑자기 온 세상에 샤오라오얼만 홀로 남겨졌다는 것을 발견했다. 적막이 샤오라오얼의 귀를 틀어막았다. 샤오라오얼은 화요일 밤이 월요일 밤보다 더 캄캄함을 알게 됐다. 샤오라오얼은 구름 하나하나마다 샤오라오얼이 하나씩 앉아 있는 것을 발견했다. 샤오라오얼은 갑자기 깨달았다. 역병을 가진 하늘이 역병을 가지지 않은 하늘보다 더 푸르다는 것을. 샤오라오얼은 작은 타구痰盂, 작은 콧물, 작은 눈물, 작은 땀띠를 사랑하게 되었다. 샤오라오얼은 사려가 깊어졌다. 샤오라오얼은 진지해졌다. 샤오라오얼은 재기再起를 고려했다. 그러나 지금 샤오라오얼은 먹지도 마시지도 않는다. 샤오라오얼은 얼굴이 누렇게 뜨고 몸이 수척해졌다. 샤오라오얼이 숨을 길게 내쉬면, 그 소리에 빌딩 하나가 무너져 내렸다. 샤오라오얼이 한바탕 크게 웃자, 새 한 마리의 내장이 모두 터져 나왔다. 또 왔네! 또 왔어!(2004. 7)

* 板藍根은 중약 제제로 뜨거운 물에 타서 마시는, 중국에서 가장 대중적인 감기약.(역자)

05

짱띠

臧棣

1964년 베이징 출생. 1983년 베이징대학 중문과에 입학해 1987년 졸업 후, 1993년부터 1년간 중국신문사에서 기자생활을 했다. 1997년 베이징대학에서 문학박사 학위를 받았으며 1997년부터 베이징대학 중문과 교수로 재직하고 있다. 잡지 『신시평론(新詩評論)』의 편집위원이다.

주장국제시가축제대상(珠江國際詩歌節大獎, 2007), 창장문예완미(중국)문학상[長江文藝·完美(中國)文學獎, 2008], 화어문학미디어대상 2008년도 신인대상(華語文學傳媒大獎·2008年度詩人獎, 2009), 수만수 시가상(蘇曼殊詩歌獎) 등을 수상했다. 중국당대 10대 걸출 청년시인(中國當代十大杰出青年詩人, 2005), 1979~2005년 중국 10대 선봉시인(1979~2005中國十大先鋒詩人, 2006), 중국 10대 신예 시가비평가(十大新銳詩歌批評家, 2007), 당대 10대 신예 시인(當代十大新銳詩人, 2007), 한어시가비엔날레 10대 시인(漢語詩歌雙年十佳詩人) 등 영예의 타이틀도 가지고 있다.

시집으로 『연원 기사(燕園紀事)』(1998), 『바람에 풀이 움직이다(風吹草動)』(2000), 『신선한 가시나무(新鮮的荊棘)』(2002), 『우주는 평평하다(宇宙是扁的)』(2008), 『빈 성(空城)』(2009), 『웨이밍후 총서(未名湖叢書)』(2010), 『지혜의 뿌리 총서(慧根叢書)』(2011) 등이 있다.

5인평

● 짱띠의 시는 감수성이나 소재나 주제는 말할 것도 없고, 문체와 기교 방면에 있어서도 신시(新詩)의 발전을 위한 여러 가지 가능성을 보여

주었다. 동시에 '원천적 시인(源頭性詩人)' 이자 '집대성자(集大成者)' 로서의 패기를 보여준다. 바야흐로 신시 발견과 도약의 시대에 처한 지금, 마치 남북조(南北朝) 시기의 고전 시처럼 많은 가능성이 재능 있는 탁월한 시인들에 의해 격발되어 나온다. 짱띠가 이 시대의 핵심인물이라는 것은 의심의 여지가 없다.—**시뚜**(西渡, 시인 · 평론가)

● 짱띠의 시 예술은 언제나 사람들의 의표를 찌른다. 우아하고 적확할 뿐만 아니라 동시에 생활의 복잡다단함 역시 충분히 소화하고 있다. 그의 시는 당대 시의 언어적 성과의 탁월한 본보기라 할 수 있다. 그가 쓴 일련의 설득력 있는 비평문은 수많은 맹목적 글쓰기와 논박하는 과정에서, 당대 시를 위한 귀중한 자아의식을 수립했다.—**쟝타오**(姜濤, 시인 · 평론가 · 베이징대학 중문학과 부교수)

● 짱띠는 고집스레 이미 습관처럼 길든 관찰이나 언어의 방식을 타파하려고 한다. 이와 같은 습관은 우리 주변의 사물을 마치 우리를 둘러싼 배경 속으로 용해시켜버림으로써 아무런 느낌도 느끼지 못하게 만든다. 짱띠의 시 한 수 한 수는 우리의 의식과 육체 가운데 마비되어 있는 부분을 일깨워 새로운 각성을 제공한다.—**껑짠춘**(耿占春, 허난(河南)대학 문학원 교수 · 평론가 · 시인)

● 시에 대한 짱띠의 실험은 다소 극단적이다. 비록 그가 어느 측면에서건 극단적 시인은 아니지만, 그의 시 내부의 확장적 시도들이나 지성(智性)의 정확성에 대한 탐색, 기교에 대한 신뢰 등 여러 면에서 시인으로서의 고집과 대담성이 돋보인다.—**조우짠**(周瓚, 중국 사회과학원 문학연구소 연구

원 · 시인 · 평론가 · 극작가)

● 짱띠의 시에서는 사상가적 기질이 느껴진다. 짱띠의 시는 거시적이면서도 구조적인 시의(詩意) 공간의 서사에 착안해 단편적 이미지의 포착이나 수사의 운용에는 전혀 구애받지 않는다. 짱띠의 언어 전략은 주로 실제 생활의 언어를 변조한 데서 비롯된다. 언어서사에서 새로운 프로세스나 새로운 경지를 개척함에 있어서도 익숙한 전통적 문학 언어의 틀에 구속되기보다는 생활 현실이나 자아 인식에 대해 끊임없이 경각심을 유지함으로써, 마치 방관자적 입장에서 극적으로 시의(詩意)를 연출해내는 것처럼 보인다. 극중 인물이 자신일지라도 때로는 타자가 되기도 하고, 생활 속 장면들이 이미 알고 있던 것처럼 익숙한 경관으로 변하기도 한다. 텍스트의 디테일이나 장면 변환에 대한 그의 섬세한 고려는 부지불식간에 우리를 놀라게 한다. —**황량**(黃梁, 타이완 시인 · 평론가)

영물시詠物詩

창틀 위에 솔방울 세 개가 놓여 있다.
솔방울 세 개의 크기는
거의 같은 듯하나,
하지만, 그 색은 모두 달라 짙은 색도 있고, 옅은 색도 있다.

솔방울들은 내가 꼭 쥔 주먹보다
커 봐야 한 움큼이나 클까.
그렇다고 그로 인해 난감하지는 않다. 나는
내 주먹도 이미 보탑寶塔이란 걸 알고 있기에.

짙은 색 솔방울은
올해 나무에서 떨어진 것이고,
옅은 색 솔방울은, 내가 판단할 수는 없으나,
하지만 나는 안다, 그것이 시간의 잿빛보다 옅었던 적이 없었음을.

나는 또 안다. 다람쥐가
어떻게 그 옅은 색으로부터 영감을 얻어
그들의 작은 가죽 옷을 만드는지.
옅음이, 예로부터 비결이었듯, 지금도 그렇다.

솔방울들은 제각기 스스로의 내력來歷을 지닌다.

그러나 그중 몇몇은
여전히 내력불명來歷不明에 속한다. 시도, 마찬가지
게다가, 시는, 이런 패러독스 때문에 질식窒息하지는 않는다.

내가 지금 쓰고 있는 시는, 남몰래
서열이 명확한 솔방울의 구조를 사랑한다—
그것들은 내가 솔방울을 주운 곳으로 데려가 달라 하고,
그것들은 적송赤松의 꼭대기로 돌아가려 한다.(2000. 4, 2001. 9)

조지아 오키프*를 기념하며

눈부시게 화려한 꽃송이가
비밀의 권력을 찾는 그녀에게 협력한다. 그에 보답하려
그녀는 사막 깊숙이 들어가, 묵묵히
꽃송이가 수많은 중생衆生들로부터
홀로 우뚝 솟아나게 했고, 그 속에 든 무궁무진한 함의에
눈을 떴다. 때로, 그녀의 몸은
아주 작은 제단祭壇.
그러나 그녀의 커다란 눈동자는 마치
험준한 절벽에 매달린 매의 둥지.

그녀를 꽃의 해방자라 비유한 말은
매우 타당하다. 스스로 정물靜物을 위하여—
그녀는 영혼의 꽃에만 적용되는 것은 아닌
그런 상태를 드러냈다. 꽤나
남성적 기개를 지닌 기법은
역사적으로도 최초에 속한다.
그녀, 오키프, 위대한 아메리칸,
인체보다 더 크게 꽃송이를 그렸다
그러나 다른 몇몇 곳에서, 그가 그린 집은
잠든 작은 황소처럼 고요하다.
우리가 알고 있는 그 어떤 오성悟性보다도

더 극단적이다. 결코 애매하지 않게
그녀는 자아를 한 번쯤의 희생으로 여긴다—
그 점에 있어서, 그녀의 시적 언니는
고요히 침잠해 있는 에밀리 디킨슨(Emily Dickinson)이고,
철학적 여동생은
무지하게 뜨거우면서도 예리한 시몬느 웨일(Simone Weil)이다.

하지만 이 비범非凡한 두 자매姉妹와 달리—
그녀는 글쓰기에 대하여 얼마나 수줍어하고,
그녀는 어떻게 대응해야 언어가
한 벌의 옷처럼 보이지 않게 할 수 있는지 알지 못한다.
그 외에도 이미 그린 꽃송이와
바야흐로 구상 중인 꽃송이 사이에
합의된 비밀 맹약은 냉혹하다—
회화繪畵란 대체제로 전락될 수 없는 것.
회화 속에도 물론 아름다움이 존재한다. 그러나
노작勞作의 결벽潔癖과는 모순될 수밖에 없는 법.

일생一生 중 아마도 몇 번이었겠지만,
그녀는 자살이냐 비굴이냐를 대비했었고,
결론은 대부분 캔버스에 꼭꼭 감추어 두었다.

다른 많은 화가들처럼, 처음에는
그녀 역시 자신의 그림을
자신의 자식으로 여겼고, 회화 창작을 마치 분만分娩에 비유했다.
그러나 만년晩年에 접어들어, 그녀는 갑자기
새로운 고집에 빠졌다. 그녀는 자신의 돈을 들여,
자신이 그렸던 초기 작품들을 되사들였다. 마치
그녀 자신이 그 회화들의 창작자가 아니라
요행히 살아남은 그것들의 딸인 것처럼.(2001. 10, 2003. 5)

* Georgia O' keeffe(1887~1986)는 미국의 여류 화가.
주로 자연으로부터 얻은 영감으로 창조한 꽃의 형상을 신비롭고
환상적으로 보여주는 것으로 유명하다.(역자)

랭보*를 좋아하는 몇 가지 이유

그의 이름에 쪽빛 파도가 들어 있어,
기묘한 사랑과 증오가 엇갈리고 있지만,
그러나 사람을 해치지는 않아. 울렁거리는 낭만,
오, 마치 어떤 광학光學적 형상처럼.
적어도, 나는 이런 특례를 좋아한다—
그들이 이런 방식으로 그를 소개하는 것을 좋아한다.
그는 프랑스 남부에서 태어날 숙명이었고,
나중에는 파리에 갔고, 브뤼셀에 갔고,
런던에 갔고, 충분한 모래를 찾아 황량한 아프리카에도 갔다.
사람들은 물로 사물을 씻는다. 하지만, 그는
몇 톤의 모래로 사물을 씻는다.
나는 이를 이해할 뿐만 아니라,
그중 번득이는 부분을 좋아한다.
확실히 말할 수는 없지만, 만약 내가
100년만 일찍 태어났더라면, 나는 그를 나의 시詩적 형제로 삼았을
지도
모를 일이다. 그러나 내가
그를 좋아한다는 것을 안다. 왜냐하면 그가
사람은 누구나 다 예술가라고 했던 말 때문에.
그가 사용한 논리는 매우 간단하다.
그 스스로가 천재이기 때문에, 다른 사람들에게서도

천재를 볼 수 있었다. 잠재하는 것이건
이름 없는 것이건. 그의 호소는
간결하지만 또한 복잡하다. "뭐? 영구불변이라고?"
재미있는 것은, 밤이 되어 잠자리에 들 때,
때로 나는 그가 허튼소리를 한다는 생각이 들었다.
아침에 일어나서,
아침 햇살의 싱그러움을 온몸으로 받으며, 나는 또 의식했다
그는 정말 선견지명先見之明이 있었다는 것을.(2002. 11)

* 시인 아르튀르 랭보(Arthur Rimbaud).
중국어 이름은 즉, '쪽빛 남(藍)' 자에 '파도 파(波)' 자를 합쳐 만든
남파(藍波)로 '란보' 라 발음한다.(역자)

에곤 쉴레(Egon Schiele)* 기념 협회

다행이다, 세상에
아직도 몇몇 꽃들의 씨앗으로 완성되는
완벽한 작업이 존재한다는 것이.
일반적 상황에서, 희고 깨끗한 작은 사다리가
예쁜 친구에게 우산을 건네준다.
그리고 나비는
이와 유사한 모든 현장을 장식한다.

또 다른 것들이 네가 잊지 못할 우아한 품성을 빚었다.
비결은 자태를 따지지 않는 것.
스스로 기뻐하며, 오, 처음부터
너는 이런 돌을 좋아했지.
왜냐하면 그것이 사람의 문제를 서둘러 해결하지도 않고,
함부로 "사람아, 사람" 이라고 호소하지도 않기 때문이야.

십 리에 달하는 맑고 수려함, 연꽃의 전면 타이틀은
제비에 의해 빛을 발한다, 심지어
전쟁통의 비엔나조차도 그랬었지.
또 다른 하나의 작업은 이보다 더 재미있어.
완벽한 남자란
잠에 빠진 어금니.

마치 네가 방금 박물관에서 본 듯한.(2003)

＊ 에곤 쉴레(Egon Schiele, 1890~1918)는 20세기 초 오스트리아의 미술 거장으로서, 표현주의 화가이자 비엔나 분리파의 주요 멤버로 활동하다가 1918년, 스페인독감에 걸려 28세의 나이로 요절했다.(역자)

주하이珠海 견문록

몇 조각의 흰 구름은 전혀 단정하지 않다—
스스로 재미있어 죽을 뿐만 아니라,
우리가 여전히 아래에 있음을 상기하고는,
스스로 변형기變形記의 바지를 벗는다.
『무사전無邪傳』, 『경혼만기驚魂漫記』* ……
여러 권의 지음사知音史가 한꺼번에 애써
강의講義의 귀를 선동하고,
벽력같은 웅변은
삽입곡 속의 한마디 말참견으로 들린다—
시는 하마터면 시가 될 뻔했다.
사오일 동안, 계속 비가 내리고.
그러나 많이 내리지는 않았다. 촉촉한 흔적의 곳곳에 유머러스한
시적 이미지가 넘실댄다. 밤이 되어야, 현실은 비로소 강렬해진
다—
장난감 인형들은 노골적으로 물건을 가지고 놀며,
진면목을 즐기는 사람들에게
알록달록한 허상을 만들어 나눠 준다.
하지만 낮에는 각자의 마스코트가 있는 법—
박태기나무는 과연 흠잡을 데 없이 완벽하게 아름답다.
방금 따 낸 나뭇잎 몇 장은
마치 잠든 나비와 같다.

바다 새 한 마리로 인해 여행자가
평범함과 우연을 견뎌 낸다.
그의 힘차고 날쌘 몸놀림이
마치 보호우산 아래서의 일에 이골이 난
오랜 친구처럼 훌륭하다. 다른 시각으로 보면,
시는 거의 시이다. 몇 군데
뚜렷하게 보이지 않는 곳이 있긴 하지만, 그러나 윤곽만큼은
어디로 가는지 모를 정도로 모호하지는 않다. 한 남자가
새장 속의 공작을 촬영한다.
그는 매우 진지하지만, 얼굴을 돌려 보면
역시 재미있는 모양새다.
맞아! 타고난 자질 속에 더 많은 실마리가 있는 법.(2003. 9)

* 급변하는 당대 중국의 상황을 비아냥거리기 위해 상상해 낸 도서명으로 실제 이런 제목의 책은 없다. 『시경』의 '思無邪'와 역사적으로 가장 많이 채택된 서명의 일종인 『OO漫記』를 풍자한 명명법.(역자)

신기유信其有 협회

꽃 바다를 둘러싼 어두운 밤
나는 빗자루 위에 앉아 쉬고 있다.
무슨 청향清香 같기도 한 향기를 맡으며.
빗자루는 아주 크지만, 그렇다고 상상하지 못할 정도는 아니다.
그놈이 방금 운명을 빗질했다,
그놈의 나무톱니 위에는 알 수 없는
끈적끈적한 액체가 묻어 있다. 그놈이 건드린 물건은
절대로 멍텅구리와는 교류할 수 없다.
요염을 위해 변명하자면, 상어 한 마리가
내 머릿속을 헤엄쳐 지나갔다. 나는
여전히 섹스라 불릴 만한 그런 동작을 포착하고 있다—
그토록 경쾌하고 리드미컬한, 숲 속에서
펼친 날개처럼. 내가 임대한
방음설비의 효과가 제법 쓸 만해,
나는 근처에 다리를 절뚝거리는 개 한 마리가 있다고,
한 마리의 쥐가 스스로에게 보내는 경고음을 들을 수 있었다.(2005. 4)

웨이밍후未名湖* 총서叢書

월요일 아침. 그것은 바람에 떨어진 봉인된 쪽지.
변론의 문장에서 자라난 꼬리가, 통 안에서
소리를 낸다. 너는 통을 들고, 개울가를 걸으며,
이 물고기들이 금색의 선물이라 상상한다.
화요일. 아름다운 황혼은 동그라미.
그것은 반사된 빛을 현실에게 던져 주었다. 그것은
방금 씻은 접시를 옮긴다. 당신 정말로
날개 달린 만찬을 먹고 싶니? 수요일 오후,
변형기變形記는 운명에 덫을 놓았다. 그것은 당신이
너무 정치적이라 우려하고, 그래서, 각종 물구나무선 그림자로
미래와 결과를 현혹한다. 목요일. 아침은 옥수수 죽이다.
기억은 지금까지 그 누구에게도
이처럼 강렬하고 그윽한 향기를 퍼뜨려 본 적이 없었다. 당신은 지난 일들 속에서
한 쌍의 스프링을 꺼내, 제자리에서 번지점프를 연습한다.
백 미터의 감정. 지느러미를 지닌 스퍼트(spurt).
입맞춤 한 번 할 때마다, 어김없이 만 년씩 걸렸다.
금요일. 이른 아침은 다시 우호적이다.
조깅은 매우 미묘하다. 몇 바퀴 돌면, 그림자마저도
따라 땀을 흘린다. 껴안으면,
당신은 이내 곰이 되어, 반짝거리는 온몸이 사랑스럽다.

마치 물고기의 머리와 토란 뿌리를 먹어 본 적이 없는 사람처럼.
토요일 저녁 무렵,

아직 조미료가 많이 남아 있다. 차가운 물로 목욕을 한다.
비밀 치료법은 다른 사람을 겨냥하지 않는 것. 잘 쌓은 신앙은
마치 수건과 같다. 소금물을 대신한 꿀은
마치 미풍으로부터 나오는 당부. 일요일 오전.
영원한 파문波紋을 닮은 적극성 잡모雜毛를 깎고,
희망의 꽃을 다듬는다. 정력만 좋다면, 다시 생활을 저울질해 보라.
몇 냥兩의 문제. 혹은 마지노선으로 바로 돌아가,
자아를 얼마나 가져야, 한 컵의 무궁한 탐구로 데울 수 있을지?(2007. 7)

* 베이징대학 교정 북쪽에 위치한 연못.
이름을 부여하는 순간 원래의 의미와 아름다움이 사라질 것을 염려해
'아직 이름을 짓지 않았다' 는 의미로 웨이밍후(未明湖)라 부름.(역자)

진리는 아마도 네 편에 있다 총서

기러기가 구멍을 날아 지나간다
네가 보지 않으면, 이 짙푸른 구멍들은 존재하지 않고,
네가 메우지 않으면, 이 날개를 가진 진리들도
선동을 멈추지 않아.

네가 너의 유일한 대상은 아니야. 선동하라,
녹아 용암이 된 자아自我가 사랑에, 또는 추상적 화산에 이용된다.
네가 폭발하지 않으면, 이 운명 속에 감추어진 그릇들이
발견되지는 않을 것이다.

너의 진리는 기러기, 광활에 한번 머리를 부딪치고는
기적은 마음의 흔적이 되었다. 나의 진리는 한 가닥 끈,
어느 정도 굵기가 되면, 나는 이것으로 한 무리의 늑대를 채찍질하리라.
방금 그들은 내 몸의 구멍을 찢고 나와, 기러기의 울음 속에서 질주한다.(2010. 9)

오래 세월의 근심 총서

그 많은 죽음 중, 너는 반드시 필사必死만을 사랑한다.
다른 방식은 그저
생활을 대저울로 여길 뿐. 사실은,
오래 살수록, 배반 역시 늘어난다.
얼핏 따져 보아도, 시는 곧 돈이다—
이 또한 스티븐스가 써먹은 방법으로,
언어의 발판을 더 탄력 있게 만들기 위함이다.
탄력이 있어야, 단단해야 할 물건이 활력에 닿을 수 있다.
물질을 둘러싸고 도는 것은, 무섭지 않아.
그것은 영혼이 새로운 말의 속도를 만드는 데 도움을 줄 뿐.
살이 찐 후에, 너는 너의 재능이
어두운 밤의 땀샘으로부터 슬그머니 사라질까 두려워한다.
너는 홍건함으로 찬란燦爛을 지배하는 것을 끊으려 하지만,
그러나 너는 끊지 못한다. 너는 초콜릿과 맥주를 편애하지만,
그러나 재능은 짤수록 더 좋다.
워순차오라로우萵筍炒臘肉* 속에 시의 출발점이 있다.
뾰족하고 빨갛고 작은 고추, 모양이 마치
다른 세계로부터 전송되어 온 작은 신발처럼 귀엽다.
너는 무궁무진無窮無盡이 좌파를 좋아하지 않는다고 추측했다. 그래서,
무얼 하든, 이 절묘한 고비를 넘기 마련이라 했다.

재미없다. 마치 비가 많이 내릴 때처럼, 그러나 침대보는 보송보송하다.

전후모순前後矛盾되도록 섹스를 하되,

절대로 허무에게 기회를 주지는 마라.

아무도 너의 마지노선을 탐지할 수는 없어.

마음의 현弦은 이미 끊어졌고, 호랑이의 머리를 실로 들어올린다, 마치 두부처럼.

그러나 너는, 네가 지금 무엇을 말하고 있는지 내가 알고 있다고 말한다.

나는 확실히 말한 적이 있다, 그러나 나는 과도하게 맹신하고 싶지는 않아—

알 수 없는 것들에 대해, 우리는 침묵해야만 한다는 것을.

너는 시가 반드시 우주보다 적극적이어야 한다는 것에 마지못해 동의했다.

사람이 침묵보다 못하면 안 되고, 시가 인중무인人中無人** 보다

더 못하면 안 돼. 여기서부터, 마음의 바늘은 현실을 가리키고,

원 하나가 나타났다. 무릇 잔혹한 것이 본질은 아니지만.

원 하나는 아득함을 해결하기에 충분하다.

조금 굴리자, 풍만함은 완벽함으로 변하고,

흔들거리는 유방이 흔들거리는 눈앞에서 반짝인다.

하나의 원이, 껍질 한 장을 비춘다. 마치 만월이

대지와 도덕을 비추듯. 죽음으로부터 떨어진

한 장의 껍질은, 나로 하여금 다시 너를 명확히 보게 한다.

반드시 직면해야 할 것은, 마음을 다하지 않으면 안 된다는 것.

그러나 마음을 다하면, 만고의 근심은 심연을 간지럽히기 시작한다.(2010. 3)

* 줄기상추와 소금에 절인 고기를 섞어 볶아 만든 요리.(역자)
** 사람이 아무리 많아도, 사람 같은 사람은 없다는 의미.(역자)

수선사水仙史 총서

후쿠시마福島에 여진이 끊이지 않고 있다. 절반의 지구는
진실의 소용돌이 속으로 차츰차츰 말려들고 있다.
더 많은 혼란은 정치적 원근遠近을 확실히 분간할 수 없게 하고,
운명의 거품이 인생의 가장자리에서 넘실대지만.
그러나 이들 노란 수선화는 미동도 하지 않는다.
혹자는 말한다, 그들의 동動과 정靜이 마치 공룡 뼈의 그것과 닮았다고.
그들은 사월을 택해 꽃을 피운다. 마치
우리가 때로 시간을 앞서 가고 싶어 하는 것처럼.
부끄러워할 필요는 없어, 너는 늘 나보다 앞서기를 좋아했지.
그들이 대파처럼 생겼어도, 하지만 먹을 수는 없어.
그들은 보여지기 위해 준비된 것이므로. 그들은
우리가 또 다른 우리를 볼 수 있도록 하기 위해 준비된 것일 뿐.
때로, 나는 고독보다 멀리 갈 수도 있어.
나는 네가 방금 허무에 가래를 뱉는 것을 보았다.
이 매서움은 내가 이 수선화들이
우리의 역사에 저질렀던 일을 의식하도록 한다.
그들의 역사는 재배의 역사가 아니고, 또한
품종 분포의 역사도 아니다. 너와 나
언제 네 몸에 있는 꽃에 관한 일련의 기록을
본 적이 있는가. 그것들은 분명 역사의 뒤편으로부터

우리를 시간의 전면으로 이끌고 왔다.

나는 내가 충분히 열정적이지 않기 때문에 사과하지 않는 것이 아니라,

나는 내가 충분히 미묘하지 않기 때문에 사과할 것이다.

장소는 가나자와金澤로 정하자. 이곳이

모종의 외진 곳이긴 하나 내가 그들의 역사 속으로 들어가기엔 딱 좋다.

그냥 이 정도 깊이로 들어가자. 그냥 이렇게 그들의 동과 정을 대하자.

우리가 가 보지 못한 곳에서

그들은 우리를 읽고 있다. 마치 우리가

그들이 없을 때, 현실의 거대한 그림자 속에서

편안하고 고요한 그들의 정신을 보는 것처럼.(2011. 4)

06

시뚜

西渡

1967년 저지앙(浙江) 성 푸지앙(浦江) 현에서 출생. 1985년 베이징대학 중문과에 진학해 1989년 졸업했다. 대학졸업 후 오랫동안 편집 일에 종사했다. 대학시절부터 시를 쓰기 시작해, 1989년 학교를 졸업한 후 짱띠(臧棣), 꺼마이(戈麥) 등과 동인지 『발견(發現)』 창간에 참여했고, 꺼마이와 함께 단기 간행물 『염세자(厭世者)』를 발행했다. 꺼마이가 세상을 뜬 후 『혜성-꺼마이 시집(彗星-戈麥詩集)』과 『꺼마이 전집(戈麥全集)』을 정리, 출판했다. 1996년 이후부터는 시 비평도 하고 있다.

대표 시집으로는 『설경 속의 플라톤(雪景中的栢拉圖)』, 『초가집(草之家)』, 『새가 지저귀는 숲(鳥語林)』이 있고, 시론집 『파수와 경청(守望與傾聽)』과 『영혼의 미래(靈魂的未來)』가 있다. 일부 작품을 불어로 번역해 엮은 시집 『바람 혹은 갈대의 노래(風或蘆葦之歌)』가 있다. 그 밖의 작품으로 『태양일기(太陽日記)』, 『북대 시선(北大詩選)』(짱띠와 공편), 『전위시 기록(先鋒詩歌檔案)』, 『중국 시 방문(訪問中國詩歌)』, 『뤄이허의 시(駱一禾的詩)』, 『현대어문(現代語文)』(王尙文 선생과 공편), 『베스트 명작 선 · 명인교실(經典閱讀書系 · 名人課堂)』, 『대학어문(大學語文)』 등이 있다.

'리우리안(劉麗安) 시가상' 과 '제1회 『시림(詩林)』 천문(天問)시가창작 특별상' 을 수상했다. 2005년 '세계시인(世界詩人)' 잡지사 및 '시가월간(詩歌月刊)' 웹사이트가 선정한 '중국당대 10대 우수청년시인' 으로 선발되기도 했다.

5인평

● 시뚜의 시에는 다른 현대시인의 작품 속에서는 듣기 힘든 '행복의 소리'가 울리고 있다. 이러한 '행복'은 주로 인간 세상에 근거하지는 않지만, 어쩌면 우리가 살고 있는 세계를 검증하면서도 다른 한편 우리들의 영혼과 언어 사이에 기탁하고 있는 영원한 관계 또는 심오한 과정이다.—**짱띠**(臧棣, 시인 · 평론가 · 베이징대학 중문학과 부교수)

● 시뚜의 모든 작품 속에는 고상한 기품이 관찰되고 있다.—**쟝타오저우**(張桃洲, 수도사범대학 문학원 교수 · 평론가)

● 시뚜는 감성과 이성, 양 방면의 재능을 모두 갖추고 있을 뿐만 아니라, 또한 그 둘의 적절한 균형을 이룰 줄 안다. 그 대표적인 예로 「어느 시계 장인의 기억(一個鍾表匠人的記憶)」(1998)을 들 수 있다. 작품에서 보여주는 '시계' 만큼이나 정확한 기교는 그의 초기작품과 비교하면 완전히 다른 양상이다.—**쌍웨이궈**(向衛國, 마오밍(茂名)학원 중문과 부교수 · 평론가)

● 시뚜는 종합적인 문장력을 갖춘 시인이자 모순과 싸우고 있는 전천후 시인이다.—**션웨이**(沈葦, 시인)

● 시뚜는 1990년대적인 특수한 시 표현을 보여준다. 그가 90년대 초에 쓴 「만가(輓歌)」 시리즈는 파도가 암초에 부딪쳐 피어난 물안개를 통해 망망한 눈물과 냉철한 사상을 발산시킨다. 이에 이어 문학적 이미지와 언어를 결합해 하나의 다이아몬드를 빚어낸다. …… 90년대 후기 시뚜는

'서사적' 시 쓰기로 전향을 보여주는 「딱딱한 침대칸 안에서(在硬臥車廂里)」와 「어느 시계 장인의 기억」을 잇달아 발표했다. 이는 수많은 동시대 사람의 작품 중에서도 독보적인 빛을 발하는 작품이다. 이 작품들은 이 시대의 복잡다단한 표상 아래에 은폐된 본질을 깊게 파고듦과 동시에 긴장과 이완을 적절하게 배합함으로써 폭넓고 정교한 텍스트의 본보기가 되고 있다. —**랴오위안**(燎原, 시인 · 평론가)

가장 작은 말馬

가장 작은 말
나는 너를 나의 호주머니 속에 넣는다
가장 작은 말
내 아내가 결혼식에서
불어 끈 달빛
가장 작은 말
나는 네가 광야에서 흐느끼는 소리를 듣는다
어린아이처럼
혹은 서로 사랑을 나눈 육체처럼
내 호주머니 안에서 잠든다
가장 작은 말
나는 가만히 사위어 가는 날들을 세어 본다
너와 어둠 속에서 사랑을 나눈다
너는 등불처럼
내 호주머니 안에서 잠든다(1990. 2)

죽음의 시

…… 이때 내가 향하는 또 다른 반쪽은 죽음
고향의 하늘 아래에서 다시 흙으로 되돌아간다
마지막 남은 재물은 가난한 아이들에게 나누어 주고
두 눈이 먼 마지막 한 명의 민요가수를
내 야윈 팔뚝에 걸고, 물속으로 걸어 들어가
그늘진 산비탈 뒤로 종적도 없이 사라진다
이때도 여전히 내가 볼 수 있는 것은
마지막 보석의 빛과
정지되어 움직이지 않는 수면 위의……(1992. 3)

바다를 위해 쓴 탱고 한 곡

해풍이 커튼의 정맥靜脈을 흔들고, 하늘의 장미는
시간의 거울을 닦는 꿈을 꾼다 나는 바다의
물갈퀴가 정오의 거울 속으로부터 물구나무로 걸어 나와
여름의 은그릇을 난폭한 바닷물에 휘몰아 넣는 것을 보았다

너, 너의 고독은 바다에 침범당하고, 네 꿈속의 물고기 떼들은
바다에게서 쫓겨났다 강물은 거꾸로 흘러 큰 강의 지류를 향하지만
바다는 한 번도 너를 놓아 준 적이 없었다 청동갑옷의 무사 파도가
너를 단련시키고, 네 정수리에는 푸른 불꽃이 타올랐다

한 폭의 깃발이 목격되었다 무리를 떠난 깃발이
공중에 홀로 펼쳐져, 한 사람의 머릿속에
바다의 발레를 남겨 두었고, 까치발로 서면
너는 멸시받는 사상의 높이를 볼 수 있을 것이다

바다의 오징어는 의심 많은 먹구름을 풀어놓았고
헬리콥터는 폭우에 번쩍이는 랜딩기어를 내려놓았다
나는 철학의 하늘과 시의 바다를 읽는다
책은 무한정으로 확대되면서, 파도의 운율을 탄다

아침의 폭풍우는 바다로부터

서늘한 기운을 가져와, 아직도 사라지지 않고 부엌 창틀 위에 있다
중요한 시각에 외출하지 못하는 너, 이것이
폭풍우가 가져온 경고이듯, 바다의 희망과는 일치하지 않는다

솟구치는 분수를 통해, 바다는 너의 손가락 끝에 전해졌다
마치 한 무리의 말처럼 날뛰는 바다, 나는 듯이 달리다가
은도금한 관에 말머리를 저지당하고
납빛의 하늘은 또 둔중한 번개를 퍼붓는다

국가의 의지는 끓어오르는 민의를 조직했으나
여름의 바다는 오히려 탈이 났다 해수가 거리에서 물러나고,
수많은 벌집 형태의 바위와 건축물이 여지없이 드러났다
바다가 숲에서 물러나면서, 파도의 결을 남겨 놓았다

그러나, 별 총총한 하늘이 텅 빈 두개골 속에서 비상飛翔을 선택한다
네가 한 사람을 공격하면, 별이 사라진 허공이고
한 사람을 구제하면, 생명을 얻은 사상의 공간이 되는 것처럼
당신이 해변에서 몸을 빼 떠나간다면, 여름 또한 이처럼 황량하게
변할 것이다(1997. 7)

꿀벌

사랑했으므로, 끝까지 사랑한다.

우리의 일생은 찰나와 같이 짧은데,
우리는 꿀을 따, 사랑을 위해 세금으로 바치고
또 수혈까지 한다. 보라, 우리의 반투명한 음영陰影을,

내리쬐는 뙤약볕의 적막감에 현기증이 난다.
우리의 날개는 사랑으로 인해 꺾여 버렸다.
누가 우리를 가르쳤던가 사랑의 보금자리를

천당의 높이에 짓도록, 아름다운 바람 소리가
아래로 씽씽 불며 지나가고, 마치
불길한 예언처럼? 대지 위에,

꽃 그림자도 휙휙 불며 지나가고,
마치 광선光線의 유방처럼, 달과 우리의
얼굴에 얼굴을 맞대고, 우리는 꽃대를 타고 높이 날아오른다.

가장된 실성이 모든 꽃들을 감염시킨다.
사랑은 살을 파고든 가시,
한평생 가려움은, 솜이불 속의 이,

긁을 수 없을뿐더러, 긁어도 영원히 긁어지지 않으리
사랑을 위해 한바탕 전쟁을 일으켜도, 우리에게는 단지
치명적인 무기, 구사일생의 목숨 말고는 없다.

오! 소위 사랑이라는 것은 스스로 끝내는 것.
우리는 번식도 하지 않고, 후대를 잇지도 않아,
정액과 피를 뜨거운 태양 아래, 꽃그늘에 문질러,

우리의 목숨을 다른 이들의 목숨과 바꾼다.
우리는 추락한다, 요원한 별로부터, 가볍게 가볍게
사랑의 손아귀 속으로 떨어진다.(1999. 12)

거미

컴컴한 밤의 조산아早産兒, 부패한 양심을 먹고
자라나, 얼굴 가득 노쇠老衰한 날줄들
그가 몸을 숨긴 위치에서
그는 결론을 얻는다. 세계란 도래하는 한 끼의 풍성한 식탁!

하지만 거미는 고요하다.
먼지 속의 전동기처럼
그의 뱃속에는 한 뭉치 또 한 뭉치의
전선이 엉켜 있어
세계를 향해 상반된 전력을
전송한다— 낡고 오래된 궤도에 둘러싸여.

세계의 앞날에 대하여
그는 찬성한다— 발톱으로
표결한다. 바다와 하늘을
까만 액자에 넣고, 먹물로
전구를 검게 칠한다. 소녀들로 하여금 영원히 깨어나지 않도록!(2000. 8)

항구

그가 돌아왔다. 일찍이 저 그리스 해안을 경이에 빠트렸던
백 개의 노를 지닌 자신의 거대한 배와
사랑의 전리품을 가지고, 아름다운 헬레나
하지만, 그녀는 트로이의 신전神殿을 경탄시키리니
항구는 마치 일요일처럼 분주하다. 선원들은
서로 인사를 나누며, 그들이 메넬라오스 궁으로부터
훔쳐온 보물을, 아시아의 해안으로 옮기고 있다.

카산드라, 오직 당신만이
그 신부新婦의 두 맨발과, 활활 타오르는 불을 걸친 몸을 보았다
그녀의 검은 치마는 해풍의 습격을 견디고 있다
마치 앞을 볼 수 없는 박쥐처럼. 그녀가 배의 사다리를 내려오자
거대한 낙조落照가 그녀의 어깨 위에서 요란한 소리를 내면서
바닷물 속으로 가라앉는다. 연이어, 어두운 밤이 신속히
내려앉는다, 그 비애와 공포와 차디찬 밤이(2001. 10)

매화 삼농梅花三弄

삼월, 오래된 벗과 함께 동쪽 교외로 매화를 찾아 나서니
나의 마음은 온 산 가득 매화라네
술을 마시며 거문고와 퉁소의 이중주를 듣나니
봄바람 맞으며 황혼이 질 때까지 하염없이 앉았었네

사월, 나는 옛 벗이 그리워
산중에 올라 푸른 매실 한 움큼을 따서
오래된 술에 담가 한 주전자 끓이니
가슴속 깊이 매화 향과 술 내음이 피어오르네

오월, 산중의 매실은 익었지만
성城 안에 옛 벗의 소식은 없네
내 그리움은 끊임없이 내리는 장맛비
장강長江의 둑을 타고 넘네

유월, 매실은 졌어도
나의 그리움은 온 산에 번지는 신록
그 사무치는 초록의 바다여
눈이 시리도록 옛 벗이 기다려지네

아, 종산鐘山! 사랑에 빠지게 하는 산(2008. 6)

가을의 노래

무변락목無邊落木—두보杜甫

하룻밤 사이에 낙엽이 지고, 태양의 순회공연도 막바지에 다다랐고,

행성行星들 사이에 우주로부터 전해져 온 비밀이 쫙 펴져 있다.

신神의 머리숱은 성겨지고, 신의 머리도 텅 비어 버렸다, 천사는 인간세상에서 굶주리다가,

지나가던 두 마리의 제비에게 받들려 깊숙한 하늘의 흔들의자에 앉힌 채,

몽롱하고도 끝없는 꿈속으로 빠져든다.

꿈에서 산타클로스를 만나고, 달빛이 비치는 틈을 타, 구멍 난 양말을 깁는다.

꿈에서 다른 신의 지칠 줄 모르는 유희遊戲를 보는 것, 그 또한 너와 나의 유희.

큰 나무도 꿈을 꾸고, 그는 서서, 꿈에서 오래전 실종된 친척을 만나고,

꿈에서 또다시 소녀시절의 흰 치마를 입은 그녀를 본다.

얼음물이 가득 찬 연못 안에서 거행된 결혼식, 하객들은 하나같이 뚱뚱한 펭귄.

꿈에서 매미가 마지막 허물을 벗은 뒤, 시인의 생애를 마감하고,

노랫소리를 나무 살 속 깊이 숨겨 넣는 것을 보았다.

자정이 지난 후, 사람들도 꿈을 꾸고 있다. 꿈에서 고개를 떨군 채

선고를 내리는 천사를 보았다. 신도 만물과 함께 늙어 간다고.
탈골된 세월의 관절은,
무리에서 낙오된 외로운 기러기의 슬픈 울음을 운다.
세월이 갈수록, 기억이야말로 유일한 재산.
우리의 사랑도 시련을 겪게 될 터,
다음 봄까지 견딜 수 있도록 우리를 도와줄 수 있을는지.

꿈을 꾸라, 울어라, 촛불을 켜고 애도하라,
성장은 이미 정지되었고, 들판도 진즉에 텅 비었으니,
새로 온 신神은 십자가에 못 박히고, 온 하늘을 물들이는 피, 신의 유언이다.
순식간에 해수海水가 머리까지 잠기고, 화원花園의 문이 잇달아 닫혀 버렸다.(2008. 9)

해당화

달이, 천상天上으로부터
한 자루의 거대한 촛불을 가져와
날더러 잠들려 하는 해당화를 비추라 하네

거대하고, 단아하며, 화려한
꽃의 여신이, 풍진 세상에서
타오르는 청춘을 높이 치켜들라 하네!

지금은 경외敬畏의 시간
잠시라도 정복할 수 없는 아름다움을 헌상하네
"내가 이 꽃을 보러 왔을 때, 이 꽃은 내 마음과 함께 깨닫는다."

동방의 철학자도 꽃을 사랑하지, 마치
자연의 지음知音을 마주 대하듯
그더러 그 대양을 날아 건너 천이遷移하는 꿈을 떠올리라 하네

꽃의 여신이 타오르는 석양을 높이 치켜들고
자꾸만 강물 위에 비친 사람의 그림자를 응시하네
눈부신 빛살이 그녀의 치마를 살포시 들어 주네(2009. 5)

구름에 매달다

—뤄이허駱一禾를 기리며

밧줄을 구름의 현안懸案에 매단다.
논의는 멀어졌다. 바람소리는 오히려 점점 세지고
네가 코트 주머니에서 독수리 알 하나를 꺼내
손을 펴자, 새끼 독수리 한 마리가 구름을 뚫고 날아가는 것으로
네가 산중에 머물렀던 시간을 증명한다.
우리와 다른 것은, 새들은 태어나자마자
꿈의 금침錦枕과도 같은, 그 큰 꽃봉오리들을 재단할 줄 안다는 것.
가장 견디기 힘든 것은, 그 누구에게도 너의 고독을 말할 수 없다는 것.

하늘색 피부를 갖다 대니, 한 올 한 올의 냉기.
태양은 성대하고, 도로는 곧게 위로 향한다.
심장의 박동만이 혈액에게 말한다. 포기하지 말라고.
순간 사랑하는 사람이 떠오르고, 마음이 무거워진다.
조심스레 고개를 돌려, 아래를 본다. 시야에는 아무것도 보이지 않고
구름이 뭉글뭉글 내려앉아
이내 고원高原의 비로 변할 뿐. 별들의 대화는
영혼이 태어날 시각에 관한 것. 말한다, 아직 때가 되지 않았다고.

은하수에는 텅 빈 뗏목들만 떠다닌다.
인간의 일이란 근심하면 할수록
더욱 친근하게 느껴지는 법. 굳은살은 너에게 가장 가까운
현실이자, 또한 네가 뜨겁게 사랑하는 것.
눈물은 마음을 영롱하게 한다. 너의 호흡이
별을 하나씩 집어삼켜, 몸 전체가 투명해진다.
밤하늘에서 천문학을 위한 새로운 사람 모습의 별자리 하나를 그려 내니
사물보다 높은 데서, 반짝반짝 빛을 발한다.

이것은 네가 두는 바둑판, 하지만 바둑은 끝나지 않았다.
너는 너의 무게로, 네 험난한 암벽타기로
높이에 대한 사람들의 관념을 갱신했다.
네가 기어오르는 깎아지른 암벽은, 냉철한 의지,
캄캄한, 게다가 쉽사리 부서지는.
추락에 관한 그런 꿈은 수도 없이 꾸었다.
공포는 진실한 것, 그리고 간절한 바람 또한 진실하다.
최후의 선택이란, 거의 선택거리조차 되지 않는 법.

사다리를 치우고, 밧줄 매듭을 풀면, 비행飛行이 시작된다.(2010. 3)

07

장타오

姜濤

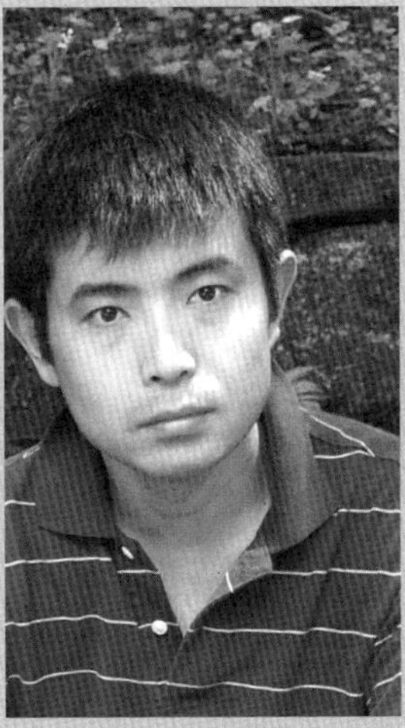

1970년 출생. 칭화(清華)대학 생물의학공학부를 졸업한 후 다시 베이징대학 중문과(중국현대문학 전공)를 졸업했다. 베이징대학과 일본대학 문리학부에서 교편을 잡았다. 1990년부터 시 창작을 시작하면서 동시에 시평론은 물론 20세기 시가사(詩歌史) 연구에도 심혈을 기울였다.
출판된 시집으로 『조경(鳥經)』, 시평론집 『바쿠닌의 손(巴枯寧的手)』 등이 있고, 학술 저서로 『신시집과 중국 신시의 발생(新詩集與中國新詩的發生)』 등이 있다.

5인평

● 장타오의 이른바 '고도의 텍스트화' 란 사실상 점진적 과정의 산물이다. 그는 최초의 서사 대상을 하나같이 이러한 텍스트 가운데 교묘하게 직조해놓았다. 자연 사물을 텍스트화하는 과정에서 그는 끊임없이 자연 사물 자체가 유도 또는 개진하거나, 심지어 교정하려 들거나 본보기로 삼으라고 억지 부리는 것을 거부한다. 텍스트화는 자연과 대립한다. 하지만 이 텍스트화의 과정은 분명히 또 다른 세계, 또 다른 인위적 자연을 탄생시킨다.—**왕동동**(王東東, 베이징대학 중문과 박사 · 평론가 · 시인)

● 70년 이후 출생한 시인 중에서 장타오는 혼란스럽고, 자질구레하고 헝클어져 있는 소재를 잘 처리할 수 있는 능력을 가진 몇 안 되는 시인 중 하나이다. 그의 시는 언뜻 보기에는 전혀 변환이 없어 보이지만 사실상 수없이 많은 변환 가운데 여러 번의 변형을 거친 후 마침내 사물이나 장

면을 마치 장난감 가지고 놀듯 조롱한다.—**징원동**(敬文東, 중앙민족(中央民族)대학 문학원 교수 · 평론가)

● 만약 장타오의 시에 대해 스파이식으로 조사를 한다면 그의 「학교의 밤(高校一夜)」을 대표작으로 꼽을 수 있을 것이다. 시의 표면에 켜켜로 쌓여 우뚝 솟아 있는 언덕과 계곡들이 보일 듯 말 듯 어렴풋하지만, 오히려 태산처럼 간결하고 곧다. '여전히, 저렇게, 저렇게' 등 부사를 중첩시켜 운용하고, '깊이 잠들다' 같은 핵심적인 동사를 이용함으로써, 광활하면서도 한 덩어리로 뭉뚱그려져 웅장한 공간을 종이 위에 가볍게 그려낸다. 뿐만 아니라 이로 인해 작가의 시각 또한 완정성과 초월성을 지니게 된다. 나아가 의구심을 지니고 있으면서도 한편 상전벽해와도 같은 세상 경험에 대한 슬픈 연민을 품게 한다.—**위양**(余暘, 시난(西南)대학 신시(新詩)연구소 연구원 · 시인 · 평론가)

● 장타오는 그의 시 작품들 속에 복잡하고 의미 있고 심지어 기괴하기까지 한 일련의 관계를 구축해놓고 있다. '가벼움' 은 '무거움' 을 더하고, '무거움' 은 '가벼움' 에 호응한다. '영혼' 은 '육체' 를 초월하고, '육체' 는 '영혼' 을 힐문(詰問)한다. 또한, 시는 생활을 밝게 비추고, 생활은 시를 내포한다.—**장지에위**(張潔宇, 런민(人民)대학 중문과 교수 · 평론가)

● 90년대 이래, 장타오의 시 창작과 그의 변화 과정은 특히 역사에 대한 개인적 상상력을 시적 언어에서 구현하고, 진실과 길항하고 있는 한 시인의 정신적 초상과 한 시대의 시가사(史)의 모습을 힘 있게 드러내주고 있다.—**후오쥔밍**(霍俊明, 베이징교육학원 교수 · 평론가)

나의 바그다드

나의 바그다드, 그녀는 깊이 잠들어 있다
퇴근 후 그녀는 곧장 잠자리에 들려 하지만
나는, 하늘가의 창구蒼狗를 끌고
미적거리며 허락을 미룬다.

지금, 오렌지색 가로등이
드디어 나를 설득한다, 더 이상 원칙을 가벼이 여기지 않게
고집부리지 않도록, 어떤 환경에도 잘 적응하고 만족해하며
익숙한 모든 술수에도 개의치 않도록.

기왓장, 시멘트 반죽, 방공防空을 위한 나무 몽둥이
—그리고 모든 것의 최고봉
우연히 스쳐 지나간 승용차에 탄, 그녀는 아니나 다를까 바람피우는 아내
귀가歸家 시간이 지체된다.

하지만 나의 바그다드, 그녀는 이미 깊이 잠들어 있다
대산大山의 팔오금을 베고, 그녀의 눈썹이
들썩거리고, 처마도 들썩거리고
구름 속에서 폭탄을 투하하는 이가 외눈을 뜨게 한다

겨냥한 것은, 원래부터 하나의 공허한 도시였다
싹 쓸어갈 수 없고, 해석될 수 없는 것들과
여전히 장년의 노동자들에게 폭로된 것들이
사실은, 모조리 그녀의 코 고는 소리일 뿐

청춘의 지하 수로에서 구르는 탁류여
잘 자거라, 전화선은 진작 뽑아 버렸고
무기와 작별할 때, 먼 곳에서
신세대의 여몽령如夢令이나 『야독초夜讀抄』* 를 압도한다

나의 바그다드, 베이징 근교에 웅크린 채
이틀 밤을, 나는 텔레비전을
계속 켜 두었고, 침실의 저 끝이
더 한층 한 사람의 바리케이드처럼 보인다.(2003. 4)

* 여몽령(如夢令)은 송대의 사인(詞人) 이청조(李清照), 소식(蘇軾) 등이 즐겨 가사를 붙여 노래로 만들던 송대 사패(詞牌) 중 하나이고, 『야독초(夜讀抄)』는 1934년에 출판된 주작인(周作人)의 독서록임.(역자)

시 쓰는 생활

나는 찾을 수 있는 거의 모든 것 위에 시를 쓴다
칫솔, 우비, 천정의 도마뱀, 침대 아래의 탁구공
심지어 여자 친구의 배 위에다가도 시를 쓴다
물론, 쓴 것들은 하나같이 어리석고 쓸데없는 말들뿐
대사大師의 불뚝한 배도 뜬구름에게 방송放送당한 적이 있다는데
나머지, 키가 크거나 키가 작거나 뚱뚱하거나 날씬한 어린 친구들
친구 따라 강남 가듯, 90년대를 보냈다.

잠 못 드는 밤, 속으로 생각한 적도 있었다
쓴 것들이 모두 다 어디로 갔을까? 인쇄된 해서楷書체의 새가 되어 날아간 것일까?
아니면 지속적인 불균형이 되어 머리 뒤통수에서
계속 자기 수양을 하라고 쥐어짜고 있는 것은 아닐까? 기록된 것만이 경험된 것.
여름의 창문이 사방을 향해 열려 있고, 나뭇가지와 이파리들이 어지럽게 펴져
한 잎 한 잎, 배반하는 것들 역시 사주받은 것이다

이 밖에, 나는 온 천지를 탐문했고, 봄빛 스민 자습실에서
친구들은 서로 귀를 후벼 주거나, 자기 스스로 따귀를 때리거나, 아내를 얘기하면서

예측과 반박을 교류의 낙으로 삼는다
설마 이런 것들이, 모조리 희극의 일부가 되어
여름방학 중에도 수업을 하는 신神으로부터 안배 받아야 하는 것은 아닌지.
누구도 믿을 수 없고, 소년의 의기 또한 말하고 싶지 않다.

오직 엽기적인 그녀만이 감히 질문을 할 수 있건대
내가 시 생각은 많이 하지만 그녀 생각은 적게 한다고 원망한다
나는 먹다 남긴 생선 대가리로부터, 잠시 붓끝을 옮겨
불행의 일곱 가지 함의를 설명해야 한다
그녀 몸의 쇄골과 공갈 산山을 쓰다듬으며, 완전히 없는 것보다는 조금 낫다고.(2003. 6)

피테쿠스의 부락部落

숲에는 과일이 떨어져 있고, 선홍색 카펫은
지질 변동의 산물
홍수가 물러가고, 호랑이의 송곳니도 썩었다
우리는 공터에 둘러서서 미래를 논한다
갓 진화에서 벗어난 늙은 피테쿠스는, 주먹을 휘두르고 있고
혓바닥을 가만두지 못하는 어린 피테쿠스는, 남보다 먼저
꽃사슴을 잡아먹으려고만 하지, 산을 옮기겠다는 포부 따위는 없다
그러나 물은 건널 수 있고, 남방이든 북방이든
들판은 오직 널따란 식탁일 뿐
이른바 공화共和라고 떠들썩하지만
역시 독재의 가을은 모기와 파리를 쫓는다
다행히 우리는 똑바로 서서
천문기상도 관측하고, 맨손으로 먹이사슬도 벗어났다
하지만, 시월의 노동력은
아직도 남아도는 경향이다. 가면이나 요리 따윈 필요 없다
몸뚱아리를 땔나무로 쓰는 건, 수컷의 계속 사항일 뿐
암컷의 발랄함으로, 암컷의 미美를 낭송한다
그러나 "사랑한다"라는 말은
꽃피는 봄과 달빛 영롱한 가을이, 적어도 이백만 년은 흘러야 할 수 있을 것이다(2003. 6)

학교의 밤

마침내 무엇이 변화를 만드는가, 청산青山은
여전히 운동장을 날아간다
교정은 여전히 음과 양을 구분하고
모든 사람들은, 여전히 저렇게 깊이 잠들어 있다

그들은 풀 밑에서, 전화 옆에서 자고
고요한 수면과 높은 급수탑에서 자고
그들은 심지어 쓰레기봉투에서 자고
열린 땀구멍에서는,
우악스러운 외국어와 죄업罪業의 꽃향기가 송골송골 배어 나온다

십년 전에도 그들은 저렇게 잠들어 있었다
하지만 잠들어 있는 모든 사람들이, 매복에서
몸뚱아리로 침대 깔판을 지탱하듯, 모든 매복에서
힘겨워진 사람들처럼, 또한 마치 남몰래 짓는 미소 속에서
모두들 암중暗中의 이익을 챙긴다
정녕 하나를 얻으면 하나를 잃을 수밖에 없는 것일까?

모기장 깊은 곳에서 염색체 두 마리를 잡는다
붉은색과 녹색, 메뚜기와 잠자리(2005. 8)

4주년

빙빙 돌고 있는 것은 오래된 작품이 아니라 오래된 아내
대량의 종이와 먹 자국이 날고 있다

이 집의 세간만 해도, 3만 위안元이나 들인 것이니
샤오캉小康* 이 아니라 할 수 있으랴

이 맹세가, TV드라마에서 배워 온 것이긴 하나
뜻밖에도 당신의 신뢰를 이끌어 낸다

모기의 피비린내 속으로 들어앉아
켜로 쌓은 쟁반을 하나씩 토해 내고, 화려하면서도 공허하게

그리하여, 우리는 텔레비전을 끄고
어둠을 더듬으며 담판하고, 은하계는 손바닥만 해진다

어떻게 불을 지른 후 다시 성욕에 탐닉할 수 있는지
아파트 속은 모조리 주선율主旋律** 이다

내가 아무 말도 없이, 스스로 잠옷으로 갈아입고
미사일 한 발을 끌어안듯, 술병을 끌어안는 것을 보라

이 윤회輪廻는 너무도 얄팍하지만 또한 매우 심오하다
깔끔하게, 구름 속의 비닐장판을 만다

숨을 쉬는 연 하나에 의지해
홀로 바다를 건너, 사념思念을 벗는다

여름이 이미 지나갔어도, 나는 어찌
여전히 여기에 잠들어 있는지, 입 안 한가득 종이 부스러기와 바다 모래를 머금고

손에는 리모컨을 잡고서, 여전히
사슴을 가리켜 말馬이라 우기며, 십 년 전부터 참아 왔던 식은땀을 쏟는다

— 부탁입니다, 나는 은사隱士가 아닙니다, 은사였던 적도 없어요
나는 눈썹과 수염을 한 손에 거머쥔다

필요한 사람은 이발사, 하룻밤 차칵 차칵 가위질이
잔혹하게 오관五官을 정제整齊한다

내게 또 필요한 사람은 미장이, 동요를 부르며 진흙을 주물러

끝없이 넓은 짐승 우리에서 울타리를 보수하는

김에 나를, 또한 철저하게 돌담을 쌓아 그 속에 처넣으라
너는 물론 반대하면서, 눈물을 흘리리니

나는 어쩔 수 없이 냉장고로 미끄러져 들어가, 그 다음 미사일을
발사한다, 하지만 빙빙 돌고 있는 것은

오래된 작품이 아니라 오래된 아내, 불을 붙여 발사할 때
여전히 허공을 딛고 있다는 느낌, 눈앞이 캄캄해진다(2005. 11)

* 덩샤오핑이 추진한 사회주의 시장경제 건설의 결과로,
먹고사는 데 지장이 없는 중류 정도의 형편이 되었음을 의미함.(역자)
** 중화인민공화국 국가 이데올로기를 구현하는 문화 규율에
충실한 문예작품을 지칭함.(역자)

클라이막스

어찌 할꼬. 그 판에 박은 듯한 전희前戱
무미건조하고도 짧게 끝났다. 첫눈이
우리 몸에, 아직은 깊이 스며들지 않았고
아직은 진정으로 흥분되지도 않았고, 먹구름은
철거되어 침대 매트리스가
드러난 호화주택, 그러나 가난한 비둘기집이
여생餘生을 향해 문을 활짝 열어젖힌다

다행히 아직 약속한 시간이 되지 않았으므로
먼저 걸음을 멈추고 참관한다. 나뭇가지 끝에
매달린 발갛게 얼어붙은 열매
풀밭 아래, 수영 클럽을 묻었다.

이 지역사회의 풍물風物이, 뜻밖에 이토록 익숙해
마치 하나하나가 꿈에서 본 것 같고
심지어 여러 차례 즐거이 누렸던 것 같기도 하다

하지만 너는 말한다. "사실상 안구眼球의 볼록면처럼
수증기를 머금고, 지하 2층에서 지하 3층까지
아래를 향해 파 들어가야만, 재물이
그 핵심을 드러낸다" 고.

나는 몇 마디 중얼거리다가, 다른 방식으로
반박한다. "사실 빈궁貧窮만이
속물스럽게 꼭꼭 숨겨 감추어진다" 고

서로 말이 통하지 않더라도, 그냥 함께 등반하자
손을 잡은 부부인 양 연기하며, 나체의 계단에서
흔들거리는 이방인을 식별하라.
보라, 저 지쳐 권태로운 물짐 지는 인부가
교외의 호수를 퍼 담은 커다란 물통 하나를 어깨에 메고 있는 것을

저 늘씬한 눈썹의 퀵서비스가
먼 산을 입술로 느끼하게 질겅거리고
저 새끼손가락을 작살낸 열쇠장이
엄지손가락에만 의지해, 나뭇잎 아래의 스프링을 비틀어 연다
저 졸고 있는, 안후이安徽에서 왔다는 젊은 보모는
늙은 홀아비와
하늘로 올라간 그의 발바리를 떠올린다

우리 함께 등반하자, 낯선 이여
이 빌딩은 십여 층에 불과하고
이 쾌감快感은 열 몇 번에 불과하다

무슨 시끌벅적, 얼렁뚱땅 허겁지겁
모든 것은 아직 갚지 못한 가슴속 대출금.
(누구나 다 경험한 바 있듯이)
누군들 다달이 갚고 싶지 않겠어?

하지만 이곳은, 모든 것의 꼭대기
북풍 또한 강력한 궤변을 늘어놓은 적이 있었지
우리는 초인종을 눌러 찾아온 취지를 말하다가
뜻밖에 발견한다. 큰 침실은
작은 응접실로 이어져 있고, 남자 주인은 안색이 초췌해져
슬리퍼를 거꾸로 신었고, 하얀 벽에는
여자 주인의 발자국이 질주하고 있음을.(2006. 12)

강사가 된 어느 오후

어둠이 꾹꾹 내려앉고, 시선은 왜 이토록 쉬이
구별할 수 있는지. 남자와 여자, 정의와 사악, 곤충과 외계인을
왼쪽 뺨에서 오른쪽 뺨으로 방종하던 시간이
멈춘 그때, 수업도 끝이 나고, 강단이 절벽처럼 자발적으로 떨어진다

원래, 이 세계는 너무 커, 나뭇잎마다 그 아래에
입술을 훔친 학생들이 숨어 있다. 싸질러 놓은 오줌과도 같지만 또한 결코 이로 인해 유명해진 것은 아닌, 포말 위에 더 큰 무덤이 떠 있다

준비하지 않아도, 소리를 지를 수 있고, 변신도 할 수 있다.
—시시각각 준비하고는 있지만, 그러나 걸려 와 번호 창에 뜬 전화번호 탓에
나의 변신이 인시목鱗翅目* 으로부터 시작하는 것조차, 쉽지는 않다.(2007. 4)

* 어류의 비늘과 조류의 날개를 지닌 동물 목(目).(역자)

푸른 언덕

소와 양은 산비탈에 서서, 경음악을 듣지도 않고
우리가 폭로한 것을 보지도 않는다

하지만 사람은 그들과 달리, 도시를 벗어나 세 시간만 지나면
차를 세워 달라 외쳐 대고, 그들의 촬영장비는

더 이상 견디기 어려울 만큼 잔뜩 부풀어 올랐다. 광활한 초원에서조차
규칙을 준수하는 사람들, 자동으로 좌우로 나뉘어

또한 각자의 쓰레기까지 꼼꼼하게 주워 담아
무시무시한 티베트 개가 달려와도, 그들은 당황하지 않고

인내심으로 컹컹거리는 개의 설교를 들을 줄 안다.
하지만 집에 돌아오자마자, 그들은 표변해

밥을 먹고 나서, 운동화를 신고 잠을 자거나
혹은 잠들지 않고 꼬박 밤을 새우는 것에 길들어졌다, 사랑하는 사람과 함께

이성理性을 잃어버리거나. 이성異性의 존경을 얻기 위해

습관적으로 무의미한 사업에 헌신한다

그들은 사색할 때, 습관적으로 거대한 견치犬齒를 드러냈고
그들의 생활은 더 이상 치료할 약조차 없어졌다

하지만 여전히 습관적으로 침실 바닥에 카펫을 깔고는
초원에서의 수면을 연출한다

잠이 들었다고 여길 즈음, 매 한 마리가 나지막이 날아들어
그들 곁에 있던, 이미 죽은 것들을 물고 달아난다(2008. 7)

울란바토르의 눈

월요일에 일찍 잠에서 깨어, 집이려니 하는 생각에
여전히 화장실에 가서 물을 찾아 마시거나
양말을 뒤집어서 다시 신고는
어젯밤의 일은 없었던 것으로 간주한다

하지만 밖에는 눈이 나부끼고, 불과 하룻밤 사이에
초원이 서둘러 뒷걸음질로 물러나고
나타나 온 천지를 가득 메운 일본 차들이
가없이 진창에 빠져 있는, 이 상황

사실 우리는 진작부터 익숙했다
한 세기도 넘게, 도쿄로부터 베이징까지
이제 다시 이곳까지
가운데 있는 행인, 코가 오뚝하고 입이 크다

얼굴에 만족스럽고 느긋한 기색을 띤
그들은 방금 눈바람 속에서 감자를 쪄
또다시 출근을 위해, 어깨에 멘 사냥총을
하나씩 검은 우산으로 교체한다

하지만 나는 아직도 내복바지를 입은 채

BBC와 CNN 사이를 바쁘게 서성이고 있다
은빛 머리카락의 아나운서가 일관되게 거만하지만
지금, 무산계급의 영어로 말문을 여는 것을 본다

나는 반신반의하면서 알 듯 모를 듯
이 세상에 혹여 큰 변화라도 있는지 추측한다
—고향의 큰 산이 금빛 언덕으로 변한 것도 아니고
평양이 베이징으로 변한 것도 아닌데

유일한 가능성은, 우리의 예측이
곧 이루어질 것이고, 그리하여 나는 옷을 입고 아래층으로 내려가서
극동의 북적거리는 시인대회에 참가하고
낭송의 틈새에 외국어도 집어넣을 것을 결심한다

예를 들면 Black Monday 따위의
말의 숨은 뜻, 이 눈은 정말 때맞춰 온 것일까?(2008. 10)

사쿠라櫻나무 아래서

아나키스트 교수의 초청에 응해, 달빛 아래 꽃을 앞에 두고
마침내 제도권 바깥에서 수신修身한다
고달프고 답답한 나날에는 교제를 더 잘해야 하는 법
저 나무들처럼 상상했던 것보다 웅장하게, 바다를 따라
검은 대지에 하염없이 만발해 있다
설령 오는 길이건 가는 길이건 간에, 자격을 가진 치한癡漢은 흔치 않다
다시 보는 일본 여배우의 납작한 가슴은
그것이 바로 근대사의 매력이다
그들은 생선을 먹고, 가전제품을 만들고, 아시아인의 때깔을 벗었다
그들의 근면이 우리의 게으름을 두드러지게 하고
그들의 예의는 바야흐로 우리의 음모
그들은 디테일을 다루거나 스케줄을 짜는 데 능하다
한 장의 복숭아나무 탁자를 위해 철야 회의를 하고
민주와 자유로 당파를 나눈다
하지만 그들은 지하에서 길 파기를 더 잘한다
꽃 아래를 질주한다— 사람과 귀신
기쁨의 신神과 원망의 영靈
보아하니, 오늘밤 나는 신사神社를 지어
70년대를 통째로 위胃에 쑤셔 넣으려 한다
하지만 꿈꾸는 데는 환율이 없다

이웃사촌이건 같은 언어문자를 쓰는 같은 종족同文同種이건

교수는 단지 성숙된 민주가 너무 나쁘다고 말할 뿐

하지만 중국 광시廣西의 바이써百色라는 도시

그곳은 바나나를 마음껏 먹을 수 있고

탐관 중에도 위인이 없으라는 법은 없다

나는 말한다. "천만에요, 천만에요."

한 태양 함대가 여전히 냉장고에 냉동되어 있지만

함께 바다로 유람 가는 것만 못하지

연거푸 기린麒麟이라는 술을 마시며, 자아도취에 빠진 용龍을 본다

물보라 속에서 그의 원자력을 함께 누린다

미안해요, 미안해요— 내가 좀 취했어요

말의 의미를 정확히 전달하지는 못했지만, 야마구치 모모에山口百惠 등에 대해

마침내 나는 모종의 환상을 가지게 되었다, 그러나 결코 분수를 잃지는 않았다(2009. 4)

08

장하오

蔣浩

1971년 3월 31일, 충칭(重慶) 시 통난(潼南)에서 출생했다. 청두(成都), 베이징(北京), 하이난(海南)과 우루무치(烏魯木齊) 등지에서 잡지 편집, 기자, 도서장정 디자이너, 대학교수 등으로 일했다.
『신시(新詩)』 편집을 맡았고, 수필집 『공포의 파편(恐怖的斷片)』(2003), 시집 『수사(修辭)』(2005), 『희극(喜劇)』(2009), 『연목구어(緣木求魚)』(2010) 등을 출판했다. 2009년 스위스에서 개최된 "중국문학의 날" 행사에 초청받은 바 있다.

5인평

● 시인은 「바다의 형상(海的形狀)」 에서 어조(語調)에 대한 남다른 장악력을 보여줌으로써 대단히 성숙한 시 예술을 표현할 수 있었다. 그는 명상적 어투를 가지고 있으면서도 일상적 대화 분위기를 지니고 있어 시적 의도를 대단히 잘 표현한다. 이 시의 격조는 당대 시에서 보기 드문 어휘 구사에서 찾을 수 있다. 이 시는 시의 격조가 무엇인지를 내게 알려주었다. 개인적으로 이 시에서 가장 매력적인 부분은 시인이 우리의 자아탐색을 위해 새로운 형식의 스타일을 추구한 데 있다고 생각한다. —짱띠(臧棣, 시인 · 평론가 · 베이징대학 중문학과 부교수)

● 쟝하오는 70년대 이후에 출생한 시인 중 재능이 가장 탁월하고 제일 부지런히 창작하는 사람이다. 오랜 방랑 생활은 그로 하여금 시가의 위대한 행음(行吟) 전통에 근접하게 해 당대 시가에 풍부한 경험과 제재를

제공한다. 쟝하오의 초기 시는 정취가 풍부하고 깊이가 있는 반면, 최근의 작품은 활력이 넘친다. 이를 보면 쟝하오가 다양한 제재와 주제를 처리하는 능력을 가지고 있음을 알 수 있다.—**시뚜**(西渡, 시인 · 평론가)

● 끊임없이 신시를 통해 "옛것의 의미"를 요리해 보이고자 하는 것이 마치 쟝하오가 보여준 최근 몇 년간의 의식적인 추구인 것 같다. 내가 보기에, 이는 전통을 한번쯤 건드려본 것이라기보다 그가 옛것을 빌어 새로운 것을 창조해냈다는 점이 더욱 중요하다. 여러 해 창작에 몰두해오면서 쟝하오는 어법의 속박에서 벗어난 자유로운 어휘구사 방법을 발굴해냄으로 인해 변화무쌍한 세상 모습과 인지상정에 자유롭게 대응할 수 있었다. 이를 보면 쟝하오에게 있어 창작은 일종의 공간 배치 예술과 유사하다. 서로 다른 언어, 정취, 경험의 연결과 전환에 심혈을 기울여 아주 훌륭한 경지에 이르렀다.—**쟝타오**(姜濤, 시인 · 평론가 · 베이징대학 중문학과 부교수)

● 바다를 제재로 하는 작품은 당대 시에도 많이 있다. 하지만 바다의 운치를 잘 그려내면서도 바다를 통해 자기를 분명하게 밝히는 걸작 중 으뜸으로 칠 수 있는 것은 쟝하오가 하이난(海南) 성 하이뎬다오(海甸島)에 칩거하면서 창작한 일련의 작품들이다. …… 쟝하오의 시는 세부 묘사가 뛰어나고 과정 묘사가 유연한 것으로 유명하다. …… 쟝하오는 매우 엄격하게 시적 의미를 생활 방식에 결합시키려 자기원칙을 추구하는 시인이다. …… 그의 시는 작가 자신처럼 성실하고 소박하다. 시에 담겨 있는 문화 및 도덕에 대한 수양도 돈독해서 젊은 시인들에게 큰 영향을 미친다. …… 동년배 시인들과 가장 큰 차이가 있다면 쟝하오 시가의 동력이 아직 백거이(白居易)의 「장한가(長恨歌)」에 표현된 "위로는 벽락에서 아래로는

황천에 이르기까지(上窮碧落下黃泉)” 죄다 훑는 듯한 방식으로 고전을 추구함으로써 그의 온화하고 느릿느릿한 리듬 가운데에서 사물과 세계가 하나가 된다는 점이다.—**후쉬동**(胡續冬, 시인 · 평론가 · 베이징대학 외국어학원 세계문화연구소 부교수)

● 이미지 선택 및 디테일을 조직하는 데 있어서 장하오의 시는 시학이 요구하는 바의 '포만'을 매우 잘 실천했다. 하지만 이처럼 '포만'을 획득함으로써 여타의 시가도 역동적이고 깊이 있고 섬세한 품격을 잘 드러낼 수 있었다. 이 점이 70년대 출생한 다른 시인들과 전혀 다른 독보적 품격을 드러내는 부분이다.—**순원보**(孫文波, 시인 · 평론가)

무정시 無情詩

—7월 29일을 기념하며

오, 아름다워라!
아침은 한 마리의 새,
황혼은 물속으로 가라앉은 물고기.

당신이 노래 부를 때, 두 손바닥을 치켜들어,
허리 옆에서 한들한들 흔드네
당신의 날개인가 지느러미인가?

내가 손뼉을 친다, 비록 내가
스러진 나무처럼 어설프지만,
그러나 타락이 나를 구원한다.

나도 당신을 위해 이 노래를 새겨 두겠어,
그렇게도 열심히 머리카락을 쥐어뜯지만,
떨어진 것들 역시 일엽편주들.

나의 구레나룻 수염과 팔뚝이 휘날리지 못하고,
바람에 뒤얽힌다, 내 눈썹 사이의 해협에서,
물거품과 모래가 끓는다.

당신이 혀를 뾰족하게 깎아,

쥐가 아닌,

주의主義로 만든다.(2003. 8. 29, 하이덴다오海甸島에서)

손 가는 대로 쓴 시
—진이晋逸에게

그래, 내가 만나는 모든 사람이 다 새 얼굴이다.
옛날의 애인과 연적도 포함해서,
그들은 그토록 새로웠다, 마치 이제 막 사랑하기 시작한 사람처럼.
난 나에게 실망하지 않아, 왜냐하면
처음처럼 사랑할 수 있을지 보장할 수 없으므로.
그래도 나는 기쁘다, 그들이
오래도록 행복한 한 쌍의 비익조比翼鳥이기를 진심으로 축복하므로.
내가 노력한다면, 그들을 매일같이 볼 수 있다고 확신한다.
난 이렇게 훨훨 구원되기를 희망한다.
그들 또한 기꺼이 날 만날 거라 여기기에,
볼 수 있는 것이 볼 수 없는 것보다 훨씬 낫지.
그리하여, 여기, 황혼 무렵 밖으로 산책을 나갈 때면
나는 꼭 샤워하고 옷을 갈아입는다, 그들과 데이트를 하러 가는 사람처럼.
아마도 진정으로 나를 주목했던 사람은 아무도 없었을 것이다.
바다가 나를 곁눈질한다, 힐끔힐끔 쳐다보는 파도
역시 나를 주목하지 않을 것이다. 보통의 비유처럼,
그들 역시 나의 정갈한 머리카락이 새가 깃들이기를 기다리는 둥지라 여길까?
그게 무슨 상관이람?

이런 발견도 나쁘다고 할 수는 없어.
그러나 결국 나는 혼자이고,
본 것을 어떻게 안 보았다 할 수 있으랴?(2003. 9. 17, 하이덴다오에서)

바다의 형상

당신이 나에게 바다의 형상을 물어볼 때마다,
나는 두 포대의 바닷물을 들고 와야 했다,
이것이 바다의 형상이라네, 한 쌍의 눈동자처럼.
혹은 눈동자가 본 바다의 형상이라네.
당신이 그것을 만지는 것이, 마치 두 방울의 뜨거운 눈물을
닦는 것 같아.
이것도 바다의 형상이라네. 그의 투명은
깊은 영혼에서 솟아 나온 것.
두 포대의 물을 합쳐도, 그의 광활엔
영향을 미치지 않아. 그들은 여전히 신선해,
마치 두 마리의 청어가 헤엄쳐 나올 것처럼.
당신이 가는 모래와도 같은 밀가루에 이것을 뿌려,
단련시켜 낸 빵도, 바다의 형상이라네.
날카로운 돛으로 베어 내기 전,
이미 멀리 떠나간 기선처럼.
테이블에 남아 있는 한 쌍의 비닐봉지 역시
바다의 형상이라네. 납작해지네,
점점 조수가 빠져나간 백사장처럼.
진정으로 조수가 백사장을 빠져나갈 때,
우리에게 바친 소금도, 바다의 형상이라네.
당신, 믿지 않지? 내가 한 포대의 물과

한 포대의 모래를 들고 와야겠어. 이 역시 바다의 형상이라네.
당신은 수긍하다가 부정한다. 또 수긍하지도 않지만
부정하지도 않는 거지? 당신이 반복해서 실험해 보게,
이것 또한 당신의 형상이라네. 하지만 당신은 말한다,
"나는 단지 나의 이미지일 뿐." (2003. 10. 30, 하이덴다오에서)

11월 30일, 징원동敬文東과 헤어진 후에 쓰다

자네가 택시에서 내렸을 때, 나는 자네의 조금 성겨진
머리카락을 보았지. 자네의 목소리는 변하지 않았고,
악수도 헤어질 때처럼 힘찼어.
자네는 홀가분하게 웃으며, "허, 살쪘구먼!" 두 사람
다 갑자기 뚱뚱해졌다. 더 홀가분하게 웃으며, 마치
우리를 웃게 할 만한 일이 더 이상 없는 것처럼.

마치 자네를 데리고 들어온 곳이 이야기를 나누었던 옛날의 그 방인 듯.
자네는 냄새를 맡았고, 햇살 같은 세월. 내가 창문을 열었을 때,
햇살이 창문 밖의 바다로 떨어졌다.
저 바다는 변하지 않았어. 자네가 오기 전에는,
나는 그의 고요를 보았다
이 컵 안에 든 물과 별 다를 바 없이.
혹시 자네 그것을 보러 온 거야? 자네는 말했지,
자네는 결단코 나를 보러 왔다고.
하지만 내가 뭐 볼 게 있다고?
나는 자네를 데리고 마음껏 이 섬을 구경하는 상상을 했다.
하지만 이곳조차도 번창해 버려 황무지마저도 보존할 수 없었어.
차라리 우리 그냥 방에 있자,
헤어질 때까지!(2003. 12. 2, 하이뎬다오에서)

창窓

지금 나는 창 앞에 서서,
본다, 저 곳이 충저우瓊州 해협이다.
저 배는 마치 바다를 면도해 주려
내뻗은 손가락처럼.
내가 이렇게 그를 가리킬 때,
배는 '보이지 않는 손' 처럼 대륙을 향해 가고 있거나,
아니면 이 손바닥만큼 작은 섬으로 돌아올 것이다.
이 해협을 왕복하는 데 3시간이 걸린다.
지금 나는 창 앞에 서 있어, 그가 부엌의 창으로부터
침실의 창 안으로 들어가는 것을 볼 수 있는
시간은 충분하다.
파도가 배를 스칠 때의 떨림을 나는 느낄 수 있다.
내가 배를 탔었던가? 아니
나는 지금 배를 타고 있어.
하지만 지금 나는 창 앞에 서 있고, 조금만 더 있으면,
그 배 역시 창 앞에, 내 손가락 끝에,
손바닥 안에 있을 것이다. 나는 손을 오므려, 주먹을 꽉 쥔다.
나는 주먹을 창문에 내려놓고,
턱을 주먹 위에 올려놓는다. 나는 이렇게
지금 이 순간의 창을 보고 있다,
"막 떠오르는 달처럼."

바다가 비로소 이 창 아래의 창이 된다.(2003. 12. 29, 하이덴다오에서)

을유乙酉년 가을 어느 오후, 우용吳勇과 허신도河心島에서 차 마시며 해오라기를 보다

반쯤의 진강錦江이 마치 호수처럼 멈춰 있고, 반쯤의 날개가 호수처럼 움직이고 있다,
삼삼오오, 반나절이 다 가도록 짬을 내 찾지도 않더니 반나절이 지나서야 나타난다.

엷은 안개가 조락하는 국화처럼 내 손가락을 씻겨 주고,
당신의 죽엽청竹葉青이 유리컵 안에 바스러진 버드나무 둑을 펼친다.

멀리 있는 쥬옌교九眼橋와 이곳의 왕장루望江樓*를 연결 지으려 마라.
섬을 비추는 빛은 편애 때문이 아니라, 반사광 탓일 뿐.

당신은 당신, 나도 마치 당신인 듯, 내 마음에 당신 하나가 더 들었다.
저곳의 부족한 두 개가 이곳을 더 보탰기 때문은 아니다.

날개가 오래된 파도를 가른 것이 마치 한 통의 편지가 어떻게
시링西嶺의 천년설로 씌었는지를 해명하려는 것인지? 강물은 벽면을 드러낸다.

허리 굽은 몸뚱아리를 닮아 구부러진 모가지는 거문고古琴가

싹을 틔운 두 가닥의 나뭇가지. 너무나 아름다운 활공! 골계滑稽로

이에 맞선다.(2005. 11. 9, 12. 2, 청두成都-우루무치烏魯木齊에서)

* 청두(成都) 시를 남북으로 가로지르는 진강(錦江)에 놓여 있는 교량으로 명(明) 만력(萬曆) 때 건립되었다. 수운(水運)을 위해 아홉 개의 아치형 수로가 뚫려 있다고 해서 쥬옌교(九眼橋)라 한다. 왕쟝루(望江樓)는 쥬옌교 남측 강변에 위치한 왕쟝루공원 내에 있는 고건축물들 중 가장 크고 웅장한 숭리각(崇麗閣)을 일컫는 말. 지금은 청두의 랜드 마크가 되어 있다.(역자)

새해 첫날, 온종일 내리는 눈

눈꽃이 깜박이는 유리창에 붙는다.
바깥은 따사로운 바다였다.
하얀 빌딩숲이 맞은편에서 우뚝 솟는다.

참새 몇 마리, 까무잡잡한 말린 과일,
키 작은 관목의 나뭇가지에 걸려 돌고 있다.
그중엔 버드나무와 소나무도 있다.

눈이 조각 작품에 온기를 더한다. 백조의
날개는 판다보다 뻔뻔스럽고,
기린의 목은 검은 무소보다 더 굵다.

돌 탁자와 돌 의자가 떠들어 대고,
눈길을 걸으려면 입으로 불고 손으로 털어야 한다.
당신의 차가 곧장 하수도로 들어가고,

내 말馬이 모퉁이에서 매화 피는 향기를 맡는다.
기특함과 평범함은 양 소매를 에이는 한기도 마다 않는다.
위정雨亭은 눈을 거절하지 않고, 어지러운

발자국은 개와 개를 끄는 사람이 남긴 것.

눈眼에서 토해져 나온 검은 폭죽이,
건물 구석을 둘러싼 화단을 장식한다.

무심결에 창문 안의 한담을 듣는다.
어떤 사람이 어떤 사람에게 등불을 보내고,
넘어지면서, 옥구슬이 깨지면 온

천지의 농담들과 바꿀 수 있다 여긴다.
그녀는 그림자를 찾아 데려와서는,
유리창 두 짝이 서로 뒤얽혀 내는 반사광을 빨아 먹는다.

흠, 창밖은 타인의 창밖.
파도의 실루엣은 우산 한 자루,
수영장 옆에서 천산天山을 다 덮는다.(2006. 1. 2, 우루무치에서)

신시新詩

대장장이는 애매한 손의 온도를 흡입한다.
작년의 눈이 작년 이전의 또 한 계단을 녹여 낸다. 갑문閘門은 인쇄기처럼,
종이와 먹의 흔적을 토해 낸다.
가로 처마에 비스듬히 매달린 얼음을 쪼는 참새,
대지의 수척한 팬티를 깁는다.
비행기는 분필의 선을 따라,
한 바퀴 한 바퀴 얼린 푸른 배梨의 껍질을 벗긴다.
이마에 패인 골목길이 꿈틀거리고,
두 귀밑머리는 마치 한 쌍의 상어지느러미 같다.

떠오른 집짓기 놀이 블럭은 떠나야 할
인쇄공장. 문 앞이 깨끗하고,
정차 중인 흰색 빵차* 역시
사람을 싣고 오고 간다.
재단가위 밑에 있는 새 시집詩集은
친구의 자선집自選集.
경형지輕型紙가 우리 얼굴에
줄 지어 선 버드나무 그림자를 소화한다.
눈雪을 쓰는 붓 자루,
낡은 지우개와 그리고 온 천지의 헛소리들을 가지고.

신시는 왜 새로운 걸까?(2006. 2. 18, 우루무치에서)

* 90년대 초반에 유행했던 5~6인승 미니버스.
마치 잘라 놓은 식빵처럼 생겼다 해서 붙은 별명.(역자)

파미르의 밤

—시뚜西渡에게

별을 보러 한밤중에 자네를 깨워 끌고 나왔다.
…… 솟아라,
홀의 페르시아 카펫이 더럽고도 낡았다.

강변의 풀밭이 희미한 빛살을 흩뿌린다.
걸음을 멈춘 말馬,
풀을 씹고 있고, 등엔 낙인 자국도 없다.

자네가 나에게 북두칠성을 가르쳐 줬지,
낯선 거리, 낯익은 불빛,
우리는 여기서 태어나지 않았다.

주변의 산, 인근의 돌로 만든 도시,
모두들 이름이 있건만, 어두컴컴하여,
얼굴을 보면서 얘기할 필요는 없다.

차는 끊겼고, 오는 길이나 가는 길이나,
너와 나의 구별도 없다. 도중의 호수,
도중의 반은 알 수 없는 것들.

설산이 눈을 녹이는 온기를 불어 보낸다.

자고 싶지 않다는 것은 깨고 싶지 않다는 것,
검은 구름이 시끌벅적하게 산등성이를 들고 달려온다.

위를 보면, 베이징北京, 쟝난江南 그리고 쓰촨四川,
윤회의 발가락이 드러난다.
파미르, 타지크, 타쓰쿠얼간.(2007. 12. 18, 하이덴다오에서)

작은 것
—SL에게

날아라, 날아오르면 비로소 네가 얼마나 작은지 뚜렷이 볼 수 있어.
양쪽의 풀숲과 밀림,
나는 알지 못한다.
당신이 여름에 수집한 사인을 나에게 보여 주게.
낮에 회백색으로 바랜 한 가닥 길이,
고양이처럼, 발밑에 잠복하고,
당신과 나의 소통 부재,
당신 대신 내가 당신의 허리에서 빛나는 점을 헤아리고,
하나는 댐 옆으로 떨어졌다.
이런 밤이면,
그는 작은 파도가 늘려 온 손가락을 세면서
그들에게 번득 빛나는 반지를 끼우고,
후래자後來者가 그들을 데리고 공기처럼 떠날 때까지.
그들은 오래오래 기다릴 것이다.
한때 내가 좋아했었던 여러 돌과 이슬들이,
떠들면서,
적막으로부터 진흙을 데리고 나온다.
갑자기 몸 곁을 스쳐 지나는 전조등이,
여기에 확실히 인적이 없음을 비추어 보여 준다.
황혼 무렵에, 우리는 산에 들어가 밥을 먹는다.
지금은 돌아가지 않고,

너무 어두워 너무 안전하다.

냄새를 맡을수록 향기롭고 달콤한 풀잎들,

식탁보의 장식이 마치 침대 시트 같고,

먼 산모퉁이 컵 안의 콜라 거품에서 선잠을 잔다.(2008. 8. 14, 사위코우沙峪口에서)

회구懷舊와 시선視線, 그리고 시선詩選

1. 해후(邂逅)

2011년 2월, 연구년으로 베이징을 다시 찾아 왕년의 동창들과 저녁을 함께하는 자리였다. 물론, 우리 모두의 박사과정을 지도하신 순위스(孫玉石) 교수님도 모셨다. 이제는 일선에서 물러나 지도학생을 받지 않고, 필생의 업적을 정리하면서 소일하고 계신다고 한다. 자리에 함께한 친구들은 1993~1996년 당시, 나와 함께 수업을 받으며 가끔 솬양로우(涮羊肉) 집에 앉아 국물이 다 졸아들 때까지 맥주에 얼궈토우(二鍋頭)를 나눠 마시며 떠들어대던 패기는 다 어디로 보내고, 이제는 중년이 되어 있었다. 그때나 지금이나 순 교수님으로부터 가장 총애를 받고 있는 우샤오둥(吳曉東)이 중문과 현대문학 전공 교수가 되어 있는 것을 비롯해, 예술학원 영화미학과로 자리를 잡은 천쉬꽝(陳旭光), 대외한어교학과에서 유학생들에게 현대 중국어를 가르치는 룽칭타오(龍清濤), 그리고 당대문학 담당 교수로 재직하다가 일본 가나자와(金澤) 대학에 교환교수로 체류 중 방학을 맞아 며칠 전에 귀국

했다는 짱띠(臧棣)에 이르기까지 순 교수님의 제자들이 다 모였다. 많이 늙긴 했지만 여전히 정정하신 순 교수님이나 이제는 어엿한 중년의 학자가 되어 있는 동창들을 만나면서, 오랜만에 학생 시절로 되돌아 온 듯한 느낌에 흠뻑 젖는 즐거운 시간이었다.

오랜만에 만난다는 기쁨과 추억을 되살리기 위해 자그마한 선물을 가져온 친구도 있고, 서로 식대를 내겠다고 우기기도 하고, 그러면 다음은 자기가 사겠노라고 선약을 하는 친구도 있었다. 그중에 짱띠는 특유의 수줍은 듯하면서도 별 것 아니라는 투의 태도로 불쑥 책 한 권을 내밀었다. 『지혜의 뿌리 총서(慧根叢書)』라는 제목의 시집이었다. 한참 취기가 오를 즈음 눈앞에 불쑥 출현한, 결코 얇지 않은 책 한 권. 시집이라 하기에는 조금은 두껍다는 느낌이 들었다. 되는 대로 이리저리 뒤적거리며 훑어보았다. 책을 준 사람에 대한 최소한의 예의이기도 하거니와, 사실상 이때까지 짱띠가 시를 쓰는 줄은 알고 있었지만 어찌된 셈인지 한 번도 읽어본 적이 없었다는 생각이 번쩍 들어서였다. 그리고 사실상 짱띠의 요즈음 생활이 무척 궁금하기도 해 열심히 읽어보려 했지만, 제목부터 낯설 뿐만 아니라 대충 들춰본 내용도 그다지 쉽게 읽혀 들어오지는 않았다. 집에 와서 생각해보니 사실 그때 시집을 받아 들고 훑어본 것은 순전히 짱띠에 대한 의전상의 태도였을 뿐이었던 것 같다.

원래 베이징대학 중문과는 예나 지금이나 시인을 많이 배출하는 것으로 유명하다. 내가 입학하고 며칠 안 된 1993년 9월의 어느 저녁으로 기억된다. 롱칭타오가 나를 이끌고 교내에서도 학생들의 유동이 가장 많은 산쟈오띠(三角地) 근처의 어느 교실로 갔다. 저녁을 먹고 야간 강의를 받거나 아니면 도서관으로 몰려갈 시간이었음에도, 약

40~50명의 학생들이 강의실을 가득 메운 채 조촐한 기념식을 준비하고 있었다. 이름 하여 요절 시인 꺼마이(戈麥)의 2주기 추도식이었다. 꺼마이는 1985년에 베이징대학 중문과에 입학해 1989년 졸업한 후 잡지사에 근무하다가 1991년 9월 24일 베이징 서쪽 근교의 조그만 강물 속으로 몸에 돌덩이를 매단 채 투신해 생을 마감한 시인이다. 기념식장에서 나는 사실 상당한 충격을 받았다. 당시 나는 한국에서 이미 박사과정을 수료한 후 다시 입학한 베이징대학이었기에, 롱칭타오를 비롯해 그 행사를 주관하던 친구들은 상대적으로 나보다 나이가 어렸다. 선배 아니면 후배 혹은 친구였을 한 요절 시인을 이토록 엄숙하게 추도하는 것을 본 적이 없었기도 했지만, 그들이 추모하는 시인이 중문과 출신이라는 점이 더욱 범상치 않게 느껴졌다. 사실 나보다 한 해 먼저 박사반에 입학해 있던 롱칭타오 역시 시를 쓰는 친구였고, 박사반 동기생인 짱띠는 이미 제법 이름을 날리던 학원 시인이었다. 중문과는 아니지만 산해관(山海關)의 어느 철둑길에 누워 생을 마감한 하이즈(海子) 역시 베이징대학 출신이었다. 베이징대학에서는 이 밖에도 많은 시인이 배출되어 있었다. 몇 번째 학기였는지는 잘 기억나지 않지만, 박사반 재학 중이던 내가 당시 당대(當代) 시가(詩歌) 연구의 최고라 일컬어졌던 세멘(謝冕) 교수의 강의를 듣게 된 것도 그런 연유와 전혀 무관하지 않을 것이다. 그 수업을 통해 당대 시인이나 비평가를 많이 알게 되었고, 당대 문단 상황에 대해서도 제법 귀동냥을 할 수 있었다.

동창들과 만찬을 마치고 집으로 돌아와 찬찬히 짱띠의 시집을 검토하면서 재미있는 사실을 발견하였다. 짱띠의 시 속에는 내가 베이징을 떠난 1997년 이후부터 지금까지의 개인사적 기록이 오롯이 들어 있었다. 한 번 결혼을 했지만 순탄치 못했고, 그래서 이혼하고, 그러다 또 다른 여자를 만나 결혼을 한 이야기며, 몇 년째 암으로 투병 중인 부모님의 이야기, 경제에 대한 고민, 시에 대한 열정 등등. 그의 시에 표백된 삶의 역정을 엿본 듯해 한편으로는 미안한 마음마저 들었다. 이왕 1년의 연구년 기간 동안 책을 읽으며 마음 정리나 하자고 온 김에, 중국의 당대 시들을 읽어보는 것도 나쁘지 않을 거라는 생각을 하게 되었다.

2. 신세기의 시인과 시선(視線)

사실 시(詩)는 내 전공이 아니다. 내가 한국해양대학교에 자리 잡은 이래 대학 이름 때문이기도 하겠지만, 어쭙잖게 '해양'을 좇아다닌 세월이 어언 10년도 더 되는 것 같다. 그러는 동안 자의반타의반으로 문학은 멀리하고, 잡다한 '다른 것' 들에 매몰되곤 했다. 사실 문학이론, 그중에서도 루쉰(魯迅)이나 라오서(老舍), 첸종수(錢鍾書) 등의 소설이 내 연구 대상이라 할 수 있지만, 그동안 소설연구는 제대로 해보지도 못한 것 같다. 그런 내가 지금에 와서 친구의 시를 붙들고 앉아 재미를 느끼고 있으니, 한편으로는 참으로 우스운 일이 아니겠는가.

내친 김에 짱띠와 상의를 했다. 내가 최근의 시인 중 몇몇 의미 있는 시인을 골라 엔솔로지 형태로 묶어 번역해보겠노라고. 짱띠 입장에서야 마다할 이유가 없었다. 일은 이처럼 우연히 시작되었다. 최근 들어 많이 읽히는 시인의 시집도 뒤적이고, 짱띠의 의견도 들어가며 시인을 정해갔다. 물론 손쉽게 잡히는 시인은 아무래도 이런저런 인연 속에서 직간접적으로 연관 있는 친구들이 대부분이었다. 가장 친한 선배 중 하나로서, 선양(沈陽)사범대학 교수이자 저명한 문학평론가인 멍판화(孟繁華) 형도 송린(宋淋)이나 시천(冼塵) 같은 시인들과 자리를 만들어주곤 했다. 그런 사이 최근에 활동을 많이 한다는 시인들의 시를 들춰보기도 하고, 그들에 관한 이야기를 주워듣기도 했다.

그러는 과정에서 몽롱시 이후 제3세대 시인 중, 샤오카이위(蕭開愚), 짱띠(臧棣), 천동동(陳東東), 시촨(西川), 상커(桑克), 황찬란(黃燦然), 시뚜(西渡), 쟝하오(蔣浩), 주주(朱朱), 칭핑(清平), 쟝타오(姜濤) 등과 여류시인으로 츠링윈(池凌雲), 자이용밍(翟永明), 조우짠(周瓚) 등 주로 1960년대 이후 출생한 시인들의 활약이 두드러진다는 사실을 확인할 수 있었다. 물론 여기서 하이즈(1964~1989), 뤄이허(駱一禾, 1961~1989), 꺼마이(1967~1991) 등과 같이 모두 자살로 생을 마감했거나, 다이나믹한 상상력과 경계를 넘나드는 시 세계를 구현했지만 그만 폐암으로 저세상으로 떠나고 만 장자오(張棗, 1962~2010) 같은 시인은 대상에서 제외하기로 했다.

내가 찾아 읽은 시인 중에는 이미 중국시단에서 이름을 날리고 있는 시인도 있지만, 이제 막 떠오르는 신예도 많았다. 몽롱파 시인 중 여전히 창조력을 충분히 유지하고 있는 둬둬(多多), 당대 시인 중 가장 노력하는 시인으로서 세상에 대한 연민과 아량을 가지고 당대적 체험을 서사하는 상커, 남방을 대표하는 청년 시인으로 섬세하고 민감한 감각이 돋보이는 주주, 넘치는 감수성과 풍부한 서사를 평범하면서도 정확한 언어로 표현하는 위젠(于堅), 일상생활에 대한 정밀한 표현과 순수한 풍격을 묘사하는 장수꽝(張曙光), 신세대의 대표주자로 생활 현장의 생동적인 이미지 포착에 탁월한 재능을 보이는 후쉬동(胡續冬) 등이 주목할 만한 시작 활동을 하고 있었다. 이에 못지않게 여성 시인도 저력을 발산하고 있었다. 내재적 격정을 대단히 심도 있게 보여주면서 시적 신비의 핵심을 건드린다는 평가를 받는 츠링윈, 여류시인에게서는 보기 드물게 정신분석가적 자질을 보이면서 예민한 감성과 엄밀한 사유를 겸비한 조우짠, 풍부한 감성과 넓은 시각, 예리한 상상력을 자랑하는 자이용밍 등은 우리가 꼭 한번은 읽어봐야 할 시인들이다.

사실, 시를 읽는다는 것은 지치고 힘든 삶에서 새로운 생명력을 건져 올리기 위한 구도와도 같은 과정이다. 더군다나, 외국어로 되어 있는 시를 읽어내기 위해서는 더 큰 인내와 고통이 따른다. 시인의 경향이나 유파, 출신 등은 따지지 않고 되는 대로 읽다가는 어느 것 하나 제대로 읽어내지 못할 것 같은 두려움이 느껴져 올 때, 나는 결심했다. 이중 대략 10명 정도만 추려서 우리말로 번역해 한국에 소개한다면 한국의 독자들과 소통 기회가 될 수 있을 거라고 생각했다. 물론 1980~90년대와는 다른 차원에서 2000년대로 표상되는 새로운 시단의 분위기가 한국에 소개될 필요가 있다는 점에 착안해, 주로 1960년 이후에 출생한 시인 가운데 90년대 후반에서 2000년대에 활동하는 시인을 대상으로 10명 정도를 선정하고자 했다. 그리하여 이들 시인들에게 한국어 번역에 관한 이야기를 하면서 스스로 대표 시 10수만 소개해 달라는 연락을 시도해보았다. 앞서거니 뒤서거니 시인들은 한국어판 번역에 동의한다며 자선시(自選詩) 10수씩을 보내왔다. 이렇게 하여 이 시선집의 목록에 들어간 시인이 바로 칭핑, 황찬란, 양샤오빈, 시촨, 짱띠, 시뚜, 쟝타오, 쟝하오 등이다. 이들은 1962년생인 칭핑에서부터 1971년생인 쟝하오에 이르기까지 모두 이른바 60년 이후 출생한 세대를 일컫는 '류링호우(六零後)' 시인이라

칭할 수 있다. 이들과 연락하는 일은 주로 짱띠가 대신해주었다. 짱띠는 지난 학기 내 일본에 교환교수로 가 있었지만, 메일과 전화 등으로 긴밀히 나를 도와주었다. 시인들과 연락하는 일은 물론이거니와 이들 시인에 대한 최소한의 시력(詩歷)이나 시작(詩作)과 관련된 정보 등을 제공해주었다. 하지만 짱띠가 매개 역을 맡다 보니, 아무래도 수록 시인이 대부분 베이징대학 출신이라는 한계 아닌 한계를 띨 수밖에 없었음을 인정하지 않을 수 없다. 이 점에 대해서는, 향후 더 많은 시 애호가나 연구자들이 더욱 광범하고 전면적인 소개를 할 수 있기를 간절히 바라마지 않는다.

3. 번역과 오독(誤讀)

사실, 시는 오독(誤讀)의 결과물이라 할 수 있다. 다시 말해 영원히 정독할 수 없는 것인지도 모른다. 시는 시인에 의해 관찰되어 언어와 문자로 형상화된 세계이다. 따라서 시는 세계에 대한 시인의 1차 오독이라 할 수 있다. 독자는 시인에 의해 오독된 세계를 2차적으로 다시 오독한다. 결국 세계는 시인과 시는 물론이거니와 독자와도 역시 전혀 무관하게 독립적으로 존재하는 것인지 모른다. 하물며 외국어로 된 시가 제3의 언어로 번역되어 제3의 독자에게 읽힐 때는 더 많은 오독이 불가피하다. 원어와 번역어를 매개하는 번역가로 인해 시는 한번 더 오독의 과정을 거쳐야 하기 때문이다. 게다가 운문인 시에는 운율(韻律)도 있고, 사휘(詞彙)의 선택이나 조탁(彫琢), 언어적 형상 및 문법적 기교는 물론 시인만의 독특한 문체 등이 있다. 이 모든 것들은 의미의 전달에만 치중하는 일반 기사체 산문의 번역과는 전혀 차원이 다른 작업 과정을 거쳐야만 재구성될 수 있다. 사실, 이번 작업 과정에서도 구두점의 위치나 행간 끊어 읽기까지도 세심하게 배려해 번역에 반영하고자 했다. 하지만 3천 년 전통 속에 녹아 있는 중국 전통시의 아름다운 운율을 계승하면서도, 현대적 리듬감과 음운적 미학의 맛을 한국의 독자들이 그대로 느낄 수 있도록 번역한다는 것은 그 자체가 불가능한 작업이라는 사실을 절감했다.

번역 작업 자체는 원천적으로 대단히 난이도가 높은 작업이다. 아무리 문법적으로 완벽한 문장을 구사했다고 하더라도, 또 과학기술이 아무리 고도로 발전했다 하더라도 번역기를 통해 번역될 수 있는 문장은 없을 것이다. 사실 관계를 전달하는 신문의 기사(記事)도 그럴진대, 하물며 감성의 표백 또는 철학적 사유의 편린을 표현하는 문학작품인 바에는 대처할 방도가 없다. 특히 시는 그중에서도 난이도의 최고 정점에 속한다. 이번 시 번역의 과정에서 크게 느낀 바가 있다면, 시인의 정신세계 속으로 들어가기 위한 영적 소통의 길은 이백(李白)이 노래했던 "백 걸음에 아홉 번은 암벽 봉우리를 꺾어 돌아야 하네 …… 손으로 앞가슴 쓸며 주저앉아 장탄식 몰아 내뿜네(百步九折縈巖巒 …… 以手撫膺坐長歎)"〔「촉 땅으로 가는 길 어려워라(蜀道難)」〕라는 경지를 훨씬 뛰어넘는다는 사실을 터득했다는 것이다. 이번 번역의 과정과 경험에서 나의 능력과 주제를 넘는 이런 작업은 두 번 다시 하지 않겠노라 다짐했다.

어쨌건 이런 과정을 거쳐 이번 시집은 번역되었다. 번역의 고통은 이루 말할 수 없을 정도로 참기 어려운 것이었다. 하지만 시인을 하나씩 놓고 그들의 시를 하나하나 읽어가는 재미는 한여름의 더위도 잊을 만큼 쏠쏠했다.

4. 신세기 8인 시선(詩選)

이번 시집에 수록된 시인의 면면을 살펴보면 하나같이 당대 최고의 경지에 이르렀다고 할 만하다. 현실에 대한 강렬한 관심과 탁월한 상상력을 보여주면서도 당대 시가 얼마만큼 단순 간결해질 수 있는지를 확인시켜준 칭핑, 매우 자유스러운 구어적 박자로 노래함으로써 신시의 음악성에 대한 탐구를 위해 새로운 가능성을 보여주는 황찬란, 희극적 반어를 동원해 현실을 분석적으로 드러내주는 양샤오빈, 산문과 운문의 경계를 넘나드는 듯한 글쓰기와 특히 능수능란한 경구(警句)를 통해 현실을 직시하게 하는 시촨, 제3세대 중에서도 가장 영향력 있는 시인으로 창작과 평론 모두에 성과를 보이며 넘치는 에너지와 탁월한 예술적 기량으로 호평을 받고 있는 짱띠, 고전적 극기와 절제로 영혼의 고통을 드러내면서도 내재적 수양에 희망을 걸고 있으며, 순수한 품격으로 스스로의 체험과 이상을 완벽하게 결합시키려고 시도하는 시뚜, 1970년에 출생해 예리한 통찰력과 자기억제, 냉정한 표현으로 매우 깊고도 정확하게 당대적 경험을 파악하고 있는 장타오, 역시 70년대 출생자 중 가장 탁월한 시인 중 하나로 동시대 시인에게서 볼 수 없는 시에 대한 경건함을 보여주는 장하오 등은 그 나름대로 모두 충분한 의의를 지닌다고 할 수 있다.

우선 8인의 시에 대해 간단히 감상해보기로 하자. **칭핑**은 경쾌함이 특징이다. 그의 시를 읽노라면 어떤 논리나 이론적 구속에도 구애됨이 없어 보인다. 아무리 묵중한 주제나 대상도 그에게 있어서는 가벼운 물건 다루듯 경쾌하게 정리된다. 그는 자신의 느낌에 대단히 충실하다. 특히 변화하거나 소멸되는 사물에 대해 간절하고도 애틋한 자신만의 느낌을 그대로 표백해낸다. 「공자」에서는 만인의 스승인 공자에 대한 역설적 변명을 통해 휘황함 속에 은폐된 위대한 것들의 권위와 우월성을 여지없이 전복하고 비틂으로써 현실을 더욱 친밀하고 다정다감한 것으로 변모시킨다. 그는 또한 잊혀져가는 것이나 사라져가는 것들에 대한 아련한 추억과 그리움을 표현한다. 「옛 기억 속의 포도밭」에서는 어릴 적 뛰놀던 포도밭에 대한 회억을 통해 잊혀간 것들에 대한 회환과 그리움을 발굴해낸다. 그리하여 더 이상 아무것도 남지 않은 기억 저편에 대한 아련한 그리움을 가슴 뭉클하게 드러낸다. 「혹은 애도하거나……」에서는 "한 가닥 연기가 된 것은, 바로 물풀, 개미. 유럽보다 더 먼 / 골목 북측의 공사장. / 끊임없이 사라지는 그대의 사상처럼 살아가라."라는 구절에서 사라져간 것들과 사라지고 있는 것들에 대한 섬세한 연민을 느낌 그대로 표현한다.

"광조우에서 대학을 다니면서 시를 쓰기 시작한 그는 90년대 들어 자기만의 특색을 형성하였다. 그의 시는 그리움, 소박함, 영원 등의 주제를 다루고 있으며, 다수의 작품이 고향에 대한 그리움과 관련이 있다. 감동적인 우울함, 자기반성의 정서를 드러내는 것을 기본 정신으로, 표현이 분명하고 훌륭한 통제력을 보여준다."*라는 진술은 **황찬란**에 대한 홍즈청 교수의 평가이다. 전란(戰亂)의 시대를 풍미했던 시인 두보(杜甫)의 간난한 삶을 투명하고도 간결한 언어로 묘사하면서, 인간 두보에 대한 깊은 동정과 연민을 보여주는 「두보」, 생활 속의 한 장면을 포착해 세계에 대한 스스로의 정감을 표백함으로써 누구나 자신의 삶에 대해 자부심을 가지고 살아가고는 있지만, 이 세

* 洪子誠 劉登翰 저, 《中國當代新詩史》p.313, 北京大學出版社, 2010년 5월, 북경.

상 어느 누구의 인생도 다른 인생보다 못하지 않음을 통찰하는 「그래, 하지만 네가 틀렸어」, 처절한 인생역정을 살다가 이제는 어느 시골 외딴 공원묘지에서 영면하고 있는 시인의 친할머니에 대한 지극한 애정과 추억을 묘사한 「할머니의 묘지명」, 잠시 친정에 간 아내의 부재만으로도 충분히 해방감을 느끼며 삶의 활력을 느낄 수 있다는, 쳇바퀴처럼 돌아가는 중년 남자의 일상의 권태를 그린 「아내가 집을 나갔다」, 그리고 시인은 황량한 도시의 빌딩숲 속에서도 인간미를 발견해내는 독특한 미감을 지녔는데, 그런 시인의 따뜻함이 배어 나오는 시가 「빌딩의 노래」이다. 이 시에서 특히 시인은 콘크리트 구조물에서도 인간의 생애를 통찰해내는 혜안을 보여준다. "그들이 젊었을 때는 건장했다가, 노쇠해지면 / 피부가 벗겨져 떨어지고, 몸이 바스라진다, / 사람처럼, 사람처럼, / 흙에서 와서, 흙으로 돌아간다."는 구절에서 완벽하게 의인화된 빌딩을 확인시켜준다. 그의 시는 "소박하면서도 꾸밈없는 풍격", "평범 속의 신기함과 고요 속의 열정"을 보여준다. 아울러 동시대 다른 시인들과는 달리 "세계에 대한 대단히 깊고 따뜻한 관심을 통해 마음속 깊이 숨겨져 있는 사랑을 느낄 수 있게" 해준다. 원수를 사랑하라는 기독교적 포용과 사랑에 대해 성경 구절을 그대로 인용해 묘사한 「자비경」이나 시대의 아픔을 안고 "사그라져가는" 한 여인의 생애를 애절하게 묘사한 「내가 아는 한 여자」에서 시인의 사랑, 연민, 따뜻함은 극에 달한다.

양샤오빈의 특징은 빈정댐에서 찾을 수 있다. 짐짓 진지한 상황을 우스꽝스러운 장면으로 전환시킴으로써 사물과 사건의 본질을 희화화하고 아울러 이를 통해 강력한 풍자적 효과를 창출한다. 그는 인생과 사물에 대해 대단히 분석적인 통찰에 익숙하다. 「포스트 판매주의자의 주기」에서는 인간의 삶의 여러 가지 행태가 결국 욕망의 충족이 아니라 자기 꾀에 자기가 넘어가고 마는 아이러니임을 분석해 낸다. 다만, 늘 직접 결과나 결론을 제시하는 것이 아니라 성동격서(聲東擊西)나 지록위마(指鹿爲馬)식 레토릭을 동원함으로써 교조적인 훈계가 아니라 생활 속에서 스스로 체득하게 해준다. 「패션샵 '헤픈 여자'」, 「파리의 봄날」, 「심야의 차차차」, 「황단보도의 즐거운 주말」 등 그의 시는 대부분 언어적 기교와 수식의 현란함으로 포스트모던의 극치를 보여주는 듯하다. 현대 물질생활에 대한 풍부한 비판과 거부가 다만 '히죽거림'으로 일관함으로써 직접적인 욕설이나 교훈적 설교보다 더욱 질기고 강한 생명력을 느끼게 한다. 옛날에 알았던 여인의 빛 바랜 사진 한 장을 불태우면서 그 속의 여인과 작별하는 「노출」은 분석가로서의 시인의 독특한 사유 세계와 통찰을 읽어내기에 충분하다.

시찬은 왠지 모르게 이들 그룹 중에서도 가장 원숙하고도 종합적 정보를 제시하는 듯한 느낌을 준다. "민감하면서도 예리한 문제의식, 심오한 인문학적 기초는 시찬의 시가 끊임없이 스스로를 뛰어넘어 당대 시에 있어서 가장 중요한 정합점이자 출발점이 되게 한다. 그의 시는 차분히 가라앉아 있지만 규모가 있고, 균형을 지니면서도 적확하다."* 거나 "(그의) 대표적 장시들은 당대 중국인의 정신세계와 현실적 처지, 영혼의 충돌, 정서적 인내 등에 대해 역사와 전통, 구체와 형이상학이 종횡으로 교차한다는 의미상에서 예언성과 희극성

* 唐曉渡, 《光芒涌入入》, 李岱松 주편, 新世界出版社, 2004년 6월.

으로 가득찬 글쓰기와 탐색을 수행한다."*라는 논평은 대단히 실득력을 지닌다. 시촨의 시를 개괄한 홍즈청 교수의 지적은 그의 시를 이해할 수 있게 하는 또 다른 통로를 제시한다. "그의 시가에 대한 믿음과 테크니컬한 기초는 윤리 및 정신적 가치와 초월적인 배려와 시 창작의 드넓은 문화적 배경에 대한 중시를 내포한다. 또한, 생활 장면이나 섬세한 묘사에 머무는 것이 아니라, 체험으로부터 출발하여 명상, 회상, 허구, 관통의 힘에 의지한 '철리(哲理)' 의 의미를 지니는 사상적 글쓰기 방식으로 표현한다."** 그의 시들은 대부분 장시(長詩)이다. 역사적 현장성을 확보하기 위해 더 많은 서사적 진술이 필요하기 때문일까. 역사와 현실에 대한 투철한 인식과 해석은 「경의를 표하며」의 "또 다른 아름다운 것을 보고도, 모자를 벗어 경의를 표할 줄 모르는 사람은 우리의 동지가 아니다."라거나 "가래의 흔적, 누군가 살아 있음이다. / 추위는 우리의 인내력을 너무 얕잡아봤다" 등은 역사의 현장을 목도하고 그것의 의미를 오랫동안 가슴속에 내재화해온 시인만이 창조해낼 수 있는 경구(警句)이다. 「계율」은 마치 『성경』의 10계명처럼 인생살이에 관한 여덟 가지 범주를 절제적이면서도 간결하게 계율화함으로써, 삶에 대한 시인의 통찰과 인문적 태도를 드러낸다. 그의 장시에서 결정타는 아무래도 「라오샤오얼」일 것이다. 아마도 '라오샤오얼' 이란 이 시대 최고이자 최대 조직 또는 조직원의 별칭일지도 모른다. 중국의 보편적 지식인이라면 공감할 수밖에 없는 조직(원)의 폐해와 억압에 대한 통찰을 드러내 보여준다. 재

---

* 張清華,《鍾山》文學雜誌, 南京出版社, 2010년 제5기.

** 洪子誠 劉登翰의 앞의 책 p.307.

미삼아 '라오샤오얼' 대신 '공산당' 으로 대체해 읽어보면 그 의미가 더욱 절실해짐을 느낄 수 있을 것이다.

짱띠에 대해 누구보다도 더 잘 아는 홍즈청은 짱띠를 다음과 같이 설명한다. "장띠의 시, 특히 90년대 이후의 시는 '탐색성이나 문학의 전통을 존중' 하며 또한 글쓰기 자체를 '언어적 가능성의 발견' 보다 위에 위치시켰다. 그는 '매 시대의 시가 창작은 사실 모두 그것이 직면하고 있는(늘 의도적으로 선택한) 그 자신의 시가사(詩歌史)의 문제' 라고 생각한다. 그의 글쓰기에서 늘 드러나는 '실험적 색채' 의 근원은 웅대한 포부를 지닌 시인과 '자신의 시가사 문제' 사이의 '긴장' 관계에 있다. 다수의 포부를 가진 시인이 모두 이와 같은 문제에 직면해 있지만, 짱띠만큼 자각하고 있는 이도 드물다. 이는 그가 한편으로는 시를 쓰고, 한편으로는 신시평론과 시가사 연구를 하고 있는 것과 관련이 있다. 짱띠의 시들은 분명하고 간결한 형태를 지니고 있으며, 현대 한어의 발음, 단어의 의미, 어법적 '가능성' 의 발견에 대한 민감함이 드러난다."*

시가사 연구를 병행하는 학자 시인답게 그는 예술가들의 삶에 자기 삶을 투영해보기를 즐긴다. 그의 시에는 다른 화가나 시인 및 예술가를 대상으로 삼은 것들이 많다. 「조지아 오키프를 기념하며」, 「랭보를 좋아하는 몇 가지 이유」, 「에곤 쉴레 기념 협회」 등이 그러한 시들이다. 그의 시들은 제목에서부터 학자적 분위기가 물씬 풍긴다. 제목에 '견문록' 이니 '총서' 따위의 꽁지를 붙이는 것은 다분히 의도적이면서도 스스로의 학구열이나 학문적 자부심을 드러내는 하

---

* 洪子誠 劉登翰의 앞의 책 p.327~329.

나의 수단이라 여겨진다. 특히, '총서'는 청(淸)대에 집대성된 중국 지식의 총화 『사고전서총목제요(四庫全書總目提要)』와 같이 중국 고대 전적에 대한 집대성을 의미할 뿐만 아니라, 현대에 이르러서도 가장 체계 있고 완벽한 저작류를 지칭하는 데서 알 수 있듯이, 시인의 학구적인 태도와 지식에 대한 탐구를 보여준다. 그렇듯, 짱띠의 시집이나 시편 제목의 마지막에 기재되어 있는 'OO총서'는 사실상 그의 시 역시 마치 시사(詩史)적 집대성자라는 패기와 자부심을 드러내기에 충분하다. 「웨이밍후 총서」, 「진리는 아마도 네 편에 있다 총서」, 「오랜 세월의 근심 총서」, 「수선사 총서」 등이 다 그런 연유에서 명명된 것이다. 뿐만 아니라, 「주하이 견문록」에서 언급하고 있는 『무사전(無邪傳)』이나 『경혼만기(驚魂漫記)』 등은 다름 아니라 급변하는 당대 중국의 상황을 비아냥거리기 위해 상상해낸 도서명이고, 그것의 유래가 『시경』의 '사무사(思無邪)'와 역사적으로 가장 많이 채택된 서명의 일종인 『OO漫記』 등을 풍자한 명명법임을 확인할 때, 우리는 시인이 의도적으로 드러내고자 한 학구적 무게를 느낄 수 있다. 특별히 주목해볼 만한 시로 그가 일본에 체류하면서 쓴 「수선사 총서」를 들 수 있다. 그는 역사나 현실에 대해 무관심한 듯 보이지만, 결코 그렇지 않다. 교환교수로 나가 있는 동안 발생한 후쿠시마(福島) 핵발전소 파괴사건은 그에게 '관계'에 대한 인식을 깨닫게 해준 듯하다. 한 포기의 수선화를 통해 크게는 중국과 일본의 관계에서 작게는 사람과 사람의 관계를 재인식하게 되었을 뿐만 아니라, 이를 통해 현대인의 정신사를 유추하고 있다.

시뚜의 초기 시작은 확실히 하이즈(海子) 시풍의 영향을 많이 받았다고 할 수 있다. 특히, '탐미'적 경향이나 허구적 자연의 이미지는 그가 고귀하고 순결한 생활과 정신에 대한 상상적인 기탁이었다는 데서 잘 드러난다. 홍즈청의 지적처럼, "학창시절 그는 꺼마이와 함께 『염세자(厭世者)』라는 '민간 잡지(民刊)' 를 창간했었다. 잡지명에서 그들의 세속적 생활과 대중문화 가치관에 대한 거리두기뿐만 아니라 혐오의 태도마저 드러냈다. 그러나 90년대 초기인 1992년부터 1993년 사이에 쓰인 모두 다섯 수의 「만가(輓歌)」는 '청춘을 향한 고별의 작품' 으로, 시뚜의 시가 천천히 변화하기 시작하였음을 보여준다."* 여기에 수록된 시는 전변 이후의 시들이다. 이들 시에서는 다른 시인에게서 발견할 수 없는 맑음과 고상함, 그리고 행복감 등이 있다. 시뚜의 시를 읽고 있으면 인간 세계의 혼탁과 갈등을 뛰어넘는 영혼과 이성의 울림을 느낄 수 있다. 호주머니 안에서 잠드는 작은 말의 이미지를 보여주는 「가장 작은 말」은 물론이거니와, 「바다를 위해 쓴 탱고 한 곡」에서 "네가 한 사람을 공격하면, 별이 사라진 허공이고 / 한 사람을 구제하면, 생명을 얻은 사상의 공간이 되는 것처럼" 이라는 구절이나 「꿀벌」의 "사랑은 살을 파고 든 가시, / 한 평생 가려움은, 솜이불 속의 이, / 긁을 수 없을뿐더러, 긁어도 영원히 긁어지지 않으리" 등은 사랑에 대한 궁극적 의미를 정의한다. 어디론가 떠나

---

* 약 2년여 동안 펜을 놓은 뒤 다시 「라사로부터 온 편지(寄自拉薩的信)」에서부터는 그의 글쓰기가 과거에 섭렵하지 못했던 개활지(開豁地)를 의식하기 시작했음을 보여준다. 그의 시야와 상상력은 그가 이전에 소홀히 했거나 방치했던 일상 생활의 풍경으로 더욱 들어갔다. 「하늘에서 내려오다(從天而降)」, 「푸청먼의 봄(阜城門的春天)」, 「정혜사(定惠寺)」, 「한 시계 장인의 기억(一個鍾表匠人的記憶)」에서 비록 여전히 진중하고 우아한 수사적 습관을 보이고는 있지만, 주관적 정서의 토로를 억제하고, 시 속에서 드러나는 복합한 경험, 선명한 반풍자적 색채, 냉정한 '서사' 풍격이 새로운 면모로 부각되기 시작했다. 洪子誠 劉登翰의 앞의 책 p.329~330.

가 버린 옛 벗에 대하여 아련한 그리움을 표현한 「매화 삼농」과 자살한 친구 뤄이허에 대한 그리움을 묘사한 「구름에 매달다－뤄이허를 기리며」 등에는 모두 인간과 자연과 세상에 대한 따뜻함이 배어 있다. 「바다를 위해 쓴 탱고 한 곡」은 상식적 구두법이 붕괴되어 '마침표'는 없이 '쉼표'만 존재하는 형태를 띤다. 즉, 종지가 없이 행과 행, 연과 연이 대단히 자의적으로 이어질 수도 끊어질 수도 있는 문장 구조를 지닌다. 시를 읽는 이의 입장에서는 이처럼 곤혹스러울 수가 없다. 마치 이정표도 없는 깜깜한 숲길을 헤매는 느낌이다. 한글에서는 문장 부호를 사용하지 않더라도 이처럼 곤혹스럽지는 않을 것이다. 왜냐하면 문장은 필경 '이다'라는 종지형 아니면 '이고'라는 연결형으로 진행되기 때문이다. 그러나 중국어 문장은 그렇게 단순하지 않다. 중국어를 구성하는 한자는 '고립어(孤立語)'로서 위치에 따라 다양한 성분(成分)으로 변환될 뿐만 아니라, 그로 말미암아 의미 역시 무한대로 확산된다. 즉, 한자가 전혀 형태적 변화 없이 문장에서 차지하는 위치나 전후 상황에 따라 품사와 성분이 변환하는 위치어(位置語)이자 고립어이다. 시인은 그러한 중국어의 특징을 유감없이 활용하면서 행과 행은 물론 연과 연을 넘나들며 의미를 무한히 확장시키는 문자놀이를 즐긴다. 이렇게 함으로써 시의(詩意)의 엠비규어티가 무궁무진하게 늘어나게 한다. 중국어로 읽을 경우는 그런 맛을 어렴풋이 느낄 수 있지만, 일단 한국어로 번역하면 그런 맛을 찾아내기가 대단히 어려운 상황이 되어버린다. 역자로서는 그저 안타까울 따름이다.

70년 이후 출생한 시인 중에서도 **장타오**만큼 정갈하고 깔끔한 시인도 드물다. 「나의 바그다드」에서 시인은 자아 감정의 위기를 이라

크의 바그다드에서 벌어졌던 전쟁을 인용해 표현한다. 2003년, 대량 살상무기 조사를 빌미로 수도 바그다드로 침공해 들어가 결국 사담 후세인을 체포하고 처형하는 것으로 종결된 이라크의 전쟁. 시인은 정상적인 듯하면서도 대단히 비정상적인 이 야릇한 전쟁의 상황 속에 혼재하는 모순을 묘사한다. 인간의 이성이 감내할 수 있는 현실 사이의 간극과 전쟁, 감정, 결혼, 도덕 등이 복잡하게 얽혀 있는 현대인의 곤혹을 대단히 명쾌하게 드러낸다. 장타오의 시는 날로 복잡해져가는 현대인의 인생 상황에 여하히 적극적으로 대응할 것인가, 시적 비밀과 현실 사이의 관계를 어떻게 조화롭게 조절하는가에 있어서 탁월한 본보기를 보여준다.

쟝하오는 신세기 시인 중 바다를 가장 잘 이해하고 있는 시인이다. 무변광대한 자연 즉, 바다에 비해 인간의 보잘것없음을 잘 드러내 보여준다. 자연의 변화와 세월의 흐름 등에 대한 인식을 통해 인생의 철리를 느끼게 해준다. 거대한 자연을 다루면서도 시간의 흐름이나 상황 변화를 대단히 섬세하게 포착하는 능력이 뛰어나다. 창 너머 강 위를 지나는 배가 시간의 경과에 따라 이동하는 모습을 그린 「창」의 "지금 나는 창 앞에 서 있어, 그가 부엌의 창으로부터 / 침실의 창 안으로 들어가는 것을 볼 수 있는 / 시간은 충분하다."라는 구절은 섬세하게 시간의 흐름을 묘사한다. 오랜만에 친구랑 해후하면서는 "자네는 홀가분하게 웃으며, "허, 살쪘구먼!" 두 사람 / 다 갑자기 뚱뚱해졌다."(「11월 30일, 징원동과 헤어진 후에 쓰다」)라는 구절 하나로 세월의 경과를 확연히 드러낸다. 이렇듯 쟝하오는 사소한 것들의 미세한 움직임 하나도 놓치지 않으면서 인간에 대한 따뜻함과 깊은 연민을 보여주고 있다.

5. 마치면서

이 시선집에 배열한 시인의 순서는 오직 나이에 따른 것이다. 시들을 놓고 누구부터 읽을까 고민하다가 죽 펼쳐놓고 나이순으로 읽기 시작했다. 그러면 90년대로부터 2000년대로 이어져 오는 시사(詩史)적 궤적과 시작풍 변화의 흐름을 파악할 수 있을 것 같았다. 그것도 틀리지는 않았다. 그런 과정에서 다양한 시적 경향과 시풍의 차이를 감지하는 것도 재미였다.

이렇듯 그들의 시는 60년대 이후 출생한 40대, 우리와 동시대를 살아가고 있는 시인들의 이야기이다. 동시에 20세기를 마감하고 21세기로 진입해가는 과도기 중국 보통 시민의 삶의 편단이기도 하다. 이를 통해 중국을 들여다본다는 것 역시 하나의 "붓대롱으로 코끼리 들여다보기"에 다름 아닐지 모른다. 하지만 이를 통해 어쩌면 다른 어디에서도 볼 수 없는 중국 지식인의 정신세계의 또 다른 일면을 발견할 수 있다면, 그것 역시 하나의 과정이자 보람이 아닐까.

이탈리아 상인의 아들 마르코 폴로가 지중해를 떠난 것은 1270년. 아직 칭기즈 칸의 몽고가 아시아의 태평양에서 대륙을 건너 유럽의 대서양까지 통일해 지배하던 시기였다. 해상 루트가 위험천만이던 당시, 그는 바다를 포기하고 육로로 해발 7~8천 미터에 달하는, 세계에서 가장 높고 험한 파미르 고원을 넘어 중국으로 향했다. 당시는 중국이 곧 세계였다. 16세 마르코 폴로는 파미르 고원을 넘어 비로소 세계를 만날 수 있었던 것이다. 장하오가 친구 시뚜에게 바친 시 「파미르의 밤」은 "설산이 눈을 녹이는 온기를 불어 보낸다.

/ 자고 싶지 않다는 것은 깨고 싶지 않다는 것, / 검은 구름이 시끌벅적하게 산등성이를 들고 달려온다."라고 '친구와 함께 별을 헤며 암흑 속의 설산 고원을 감상하던 파미르의 어느 밤'을 묘사하였다. 눈이 시리도록 찬란한 별들이 쏟아지는 고원의 밤에 잠들지 못한 채, 캄캄한 어둠 속으로 먹구름이 몰려오는 모습을 보면서 떠남과 귀향을 생각했을 것이다. 마르코 폴로가 처음 도달한 그 '파미르의 밤'도 그랬을까? 중국을 처음 만나는 사람들에게, 중국은 미지의 호기심에 공포가 뒤섞인 모험의 땅이었을 것이다. 중국은 지금도 여전히 그렇다. 중국의 문학 세계, 특히 시 세계는 어쩌면 더 그럴지 모른다. 그런 생각에서, 미지의 중국에 대한 모험 가득한 기대를 전달하고자, 이 시선집의 제목을 쟝하오의 시 제목을 빌려 와 『파미르의 밤』으로 정했다.

지난 한 학기 동안 베이징 제1외국어대학 한국어과 석사생들에게 '한중번역'이라는 과목을 강의하면서 이 시들을 읽혀보았다. 중국 학생들이라도 중국의 당대시를 읽는 것은 우리와 마찬가지로 난해한 작업이었고, 시를 읽는 것 자체만으로도 무척 힘들어했다. 신문기사를 번역하는 데도 공을 들여야 하는 처지인데, 하물며 시 번역이란 대단히 난감한 과제였다. 한국어 표현의 한계로 번역은커녕 시인들의 감성의 편린이나마 얼핏 느낄 수 있었던 것만으로도 성과라고 여긴다. 수업에 참여했던, 홍수잔(洪舒展), 천시(陳曦), 관통(管通), 두완리엔(段煉), 리민(李敏), 우치리엔(吳琪連), 니젠보(倪建波) 등에게 이 자리를 빌려 노고를 치하하고, 아울러 학문적으로 더 크게 성장하기를 기대한다.

마지막으로, 뜬금없이 시를 번역하게끔 계기를 준 경성대학교 중국대학 이종민 교수, 그리고 어려운 사정에서도 갑작스런 출판 제의에 선뜻 응해준 도서출판 산지니 강수걸 사장께 감사드린다.

2011년 9월

北京 望京 3區 寓所에서

김태만이 번역, 편저하다